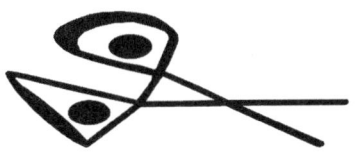

Grimalkin grave sur les arbres une image de ses ciseaux
afin de marquer son territoire
et de tenir ses ennemis à distance...

GRIMALKIN ET L'ÉPOUVANTEUR

Joseph Delaney vit en Angleterre, dans le Lancashire. Il a trois enfants et sept petits-enfants. Sa maison est située sur le territoire des gobelins. Dans son village, l'un d'eux, surnommé le frappeur, est enterré sous l'escalier d'une maison, près de l'église.

À *Marie*

Ouvrage publié originellement par The Bodley Head,
un département de Random House Children's Books
sous le titre *Spook's, I am Grimalkin*
Texte © 2011, Joseph Delaney
Illustrations © 2011, David Frankland
Illustration de couverture © 2012, David Wyatt

Pour la traduction française
© 2013, Bayard Éditions
18, rue Barbès 92128 Montrouge Cedex
ISBN : 978-2-7470-4501-8
Dépôt légal : janvier 2013
Dixième édition – août 2020

GRIMALKIN ET L'ÉPOUVANTEUR

Traduit de l'anglais (Grande-Bretagne)
par Marie-Hélène Delval

JOSEPH DELANEY

bayard jeunesse

Le point le plus élevé du Comté
est marqué par un mystère.
On dit qu'un homme a trouvé la mort à cet endroit,
au cours d'une violente tempête,
alors qu'il tentait d'entraver une créature maléfique
menaçant la Terre entière.
Vint alors un nouvel âge de glace.
Quand il s'acheva, tout avait changé,
même la forme des collines
et le nom des villes dans les vallées.
À présent, sur ce plus haut sommet des collines,
il ne reste aucune trace de ce qui y fut accompli,
il y a si longtemps.
Mais on en garde la mémoire.
On l'appelle *la pierre des Ward*.

La tueuse actuelle du clan Malkin est Grimalkin.
Aussi forte que rapide, elle respecte son code
de l'honneur et se refuse à toute tricherie.
Elle préfère les adversaires qui représentent un défi.
En dépit de son intégrité, Grimalkin
a aussi ses côtés sombres.
Elle est connue pour utiliser la torture.
Tous craignent le claquement de ses terribles ciseaux.
Elle les utilise pour couper les os
et la chair de ses ennemis...
Mais son arme favorite, c'est une longue épée,
et elle est habile à forger ses propres lames.

Extrait des carnets de John Gregory,
Le bestiaire de l'Épouvanteur

Grimalkin fait sa première apparition
dans *Le combat de l'Épouvanteur*,
quand elle est envoyée par les sorcières de Pendle
pour tuer Thomas Ward.

Depuis, elle a raconté
dans *Les sorcières de l'Épouvanteur*
l'origine de la haine qu'elle voue
à son ennemi juré, le Malin.

À présent, la redoutable tueuse a fait alliance
avec Tom, Alice et l'Épouvanteur.
Le récit que vous allez découvrir est la suite
du *Destin de l'Épouvanteur*.
Ce que Grimalkin transporte dans un sac de cuir doit être
tenu à tout prix hors d'atteinte des serviteurs de l'obscur.

1

Une pomme et des ronces

Observe attentivement l'ennemi que tu dois affronter.
Vois ses yeux protubérants où flambe la fureur! Son torse velu!
Sens-tu son odeur de corps mal lavé? Garde ton calme.
Pourquoi avoir peur?
Tu peux le vaincre.
Ce n'est jamais qu'un homme.
Apprends à me faire confiance.
Je suis Grimalkin.

Arrivée au milieu des bois, je fis glisser le lourd sac de cuir de mon épaule et le déposai sur le sol. M'étant agenouillée, je détachai la cordelette qui le fermait. Une odeur fétide me sauta au visage. Avec une grimace, je saisis par ses cheveux graisseux, poissés de poussière, le contenu du sac et le tins devant moi.

Il faisait très sombre, sous les arbres ; la lune ne se lèverait pas avant une heure. Mais l'obscurité n'est pas un obstacle à mes yeux de sorcière, et je fixai mon regard sur la tête coupée du Malin, le Diable en personne.

C'était un spectacle difficile à supporter. Je lui avais cousu les paupières à points serrés pour qu'il ne puisse rien voir. Je lui avais enfoncé dans la bouche une grosse pomme verte enveloppée de ronces pour qu'il ne puisse rien dire. Contrairement à ce que la puanteur laissait supposer, ni la tête ni la pomme ne s'étaient décomposées. La première était protégée par son propre pouvoir ; pour la seconde c'était un effet de ma magie.

J'étalai le sac par terre et plaçai l'horrible chose dessus. Puis, assise en face d'elle, les jambes croisées, j'examinai mon ennemi.

La tête, presque deux fois plus grosse que celle d'un humain ordinaire, me paraissait plus petite qu'au moment où elle avait été tranchée. Avoir été séparée de son corps la faisait-elle rétrécir ? Les cornes torsadées qui saillaient de son front rappelaient celles d'un bouc ; le nez évoquait un bec d'aigle. Cette face cruelle méritait le cruel traitement que je lui avais infligé.

Les fourreaux suspendus à des lanières entrecroisées autour de mon corps contenaient mes outils et mes armes. Je tirai du plus petit un fin crochet à la pointe acérée, fixé à un long manche. Je l'enfonçai profondément dans la pomme, donnai un tour et tirai. Après une seconde de résistance, le fruit sortit avec son enveloppe de ronces.

Libérée de ce qui l'obstruait, la bouche du Malin se referma lentement. J'eus le temps d'apercevoir ses dents cassées : je les lui avais brisées d'un coup de marteau pendant que nous luttions contre lui, avec l'Épouvanteur et Tom Ward. Cet instant avait laissé dans mon esprit une image indélébile.

J'avais longtemps attendu l'occasion d'entraver ou de détruire mon pire ennemi. Enfant, déjà, je le détestais. J'observais les ruses qu'il employait pour contrôler mon clan et les flatteries dont les membres du Conventus usaient envers lui. Ils attendaient toute l'année le sabbat d'Halloween, l'époque où ils pouvaient espérer sa visite. Il apparaissait parfois au beau milieu du feu, et les sorcières tentaient désespérément de toucher son flanc velu, au mépris des flammes qui mordaient leurs bras nus.

J'éprouvais alors envers lui une répulsion instinctive, une haine viscérale qui ne cessait de grandir. Si je ne réagissais pas, il empoisonnerait toute mon existence, son ombre noire assombrirait chacune de mes actions. Il était intelligent, ingénieux et sournois, sachant prendre son temps pour parvenir à ses fins. Je craignais par-dessus tout de tomber un jour en son pouvoir, comme nombre de celles qui l'avaient affronté. Cette idée m'était insupportable.

Or, il existe un moyen, pour une sorcière, de le tenir à distance. C'est une méthode extrême, mais qui la libère définitivement : s'accoupler avec lui et porter son enfant. Une fois qu'il aura vu sa progéniture, le Malin n'approchera plus jamais la mère à moins qu'elle n'en exprime le désir.

La plupart de ses fils sont des semi-hommes, des monstres difformes dotés d'une force redoutable. Ses filles deviennent de puissantes sorcières. Certains enfants – ils sont rares – naissent parfaitement humains, épargnés par le mal. Je m'exposais donc à mettre au monde une créature de l'obscur. Mais j'étais prête à courir ce risque.

Je fus comblée. Mon bébé était un beau petit garçon, en tous points parfait. Jamais je n'avais éprouvé autant d'amour pour un être. Sentir contre moi son petit corps chaud, si démuni, si confiant, dépassait mes rêves de bonheur les plus fous. Cet enfant m'aimait, et je l'aimais. Sa vie dépendait entièrement de moi, et, pour la première fois, je connaissais le bonheur. Or, en ce monde, une telle félicité est rarement destinée à durer.

La nuit où la mienne prit fin reste gravée dans ma mémoire. Le soleil venait de se coucher ; c'était une chaude soirée d'été et je me promenais derrière les murs de mon jardin, à l'arrière de mon cottage. Je fredonnais une berceuse tandis que mon bébé s'endormait dans mes bras. Un éclair fusa soudain au-dessus de ma tête ; le sol trembla sous mes pieds, l'air se refroidit brusquement. J'avais beau m'attendre à cette visite, son imminence me glaça le sang. En même temps, je m'en réjouis, car après avoir vu son fils, le Malin disparaîtrait et ne s'approcherait plus de moi. Je serais débarrassée de lui jusqu'à la fin de mes jours.

Auparavant, il m'était apparu sous les traits d'un beau jeune homme aux boucles noires, aux yeux bleus, à la bouche souriante. Mais il peut se montrer sous de multiples apparences. Il avait choisi cette fois celle que les sorcières de Pendle nomment « Son Effrayante Majesté », la plus impressionnante, celle qu'il prend pour inspirer la terreur.

Il se matérialisa si près de moi que son haleine fétide me donna la nausée. Son corps de géant – il mesurait trois fois ma taille – était nu, couvert de poils noirs hirsutes. À peine avait-il surgi qu'il secoua ses cornes de bouc avec un rugissement de rage.

M'arrachant mon petit garçon innocent, il le souleva dans les airs, prêt à l'écraser au sol.

– Par pitié! suppliai-je. Ne lui fais pas de mal! Demande-moi ce que tu voudras, mais laisse-le vivre! Prends plutôt ma vie!

Le Malin ne m'adressa pas même un regard. La fureur et la cruauté l'habitaient tout entier. Il fracassa le crâne fragile de mon bébé contre un rocher. Et il disparut.

La douleur faillit me rendre folle. Puis, à mesure que s'écoulaient les jours interminables et les nuits sans sommeil, des idées de vengeance germèrent dans mon esprit. Détruire le Malin? Était-ce possible?

Possible ou pas, cela devint mon unique but, ma seule raison de vivre.

J'ai atteint une partie de cet objectif le mois dernier. Si le Malin n'est pas détruit, il est temporairement entravé, grâce à l'aide du vieil Épouvanteur, John Gregory, et de Tom Ward, son apprenti. Nous avons fixé le Démon au sol avec des lances en alliage d'argent, cloué ses mains et ses pieds au roc dans une fosse profonde, à Kenmare, au sud-ouest de l'Irlande, où son corps est à présent recouvert de terre.

Je me remémore notre victoire avec délices. Je revois le Malin à quatre pattes, secouant la tête comme un taureau furieux et rugissant de douleur. J'enfonçai le premier clou dans sa main gauche en trois coups de marteau. Le fer traversa la chair, épinglant l'énorme patte velue au rocher. Cependant, l'esprit trop occupé par ma tâche, je me montrai imprudente et faillis le payer de ma vie. Il tourna son mufle vers moi, la gueule ouverte, prêt à séparer d'un coup de crocs ma tête de mon corps. J'évitai de justesse ses mâchoires mortelles et lui balançai mon marteau en pleine face, lui brisant les dents. Peu de choses m'ont autant réjouie que le spectacle de ses gencives hérissées de chicots sanglants.

Après quoi, Tom Ward éleva la Lame du Destin qu'il avait reçue de Cuchulain, le plus grand des héros irlandais. En deux coups bien appliqués, l'apprenti de l'Épouvanteur trancha le cou du Malin. Depuis, je conserve avec moi la tête coupée.

Tant que son corps et sa tête restent séparés, le Démon est entravé. Mais ses noirs serviteurs sont à mes trousses. Ils veulent réunir la tête au corps, arracher les clous et les lances d'argent afin de le libérer. Pour les tromper, je suis sans cesse en mouvement. Ce faisant, je gagne du temps dans l'espoir que l'Épouvanteur et son apprenti trouveront le moyen de détruire le Malin ou de le renvoyer à l'obscur. Malgré tout, je ne pourrai pas fuir éternellement, mes forces sont limitées. De plus, il est dans ma nature de me battre, pas de me dérober. Je sais pourtant que je ne gagnerai pas cette bataille, mes adversaires sont trop nombreux. Même moi, la tueuse du clan Malkin, je ne viendrai pas à bout d'aussi puissants serviteurs de l'obscur.

– C'est une grande satisfaction de te tenir en mon pouvoir, dis-je.

La tête coupée ne répliqua pas tout de suite. Enfin, sa bouche s'ouvrit lentement, et une salive rougeâtre lui coula le long du menton.

– Découds mes paupières ! gronda-t-elle.

Les lèvres bougeaient, mais la voix semblait surgir du sol.

– Pourquoi le ferais-je ? Si tu vois, tu révéleras où je suis à tes sbires. Et cela me plaît de te regarder souffrir.

Il ricana, dévoilant ses dents brisées :

– Tu ne gagneras pas, sorcière. Je suis immortel. Le temps n'a pas de prise sur moi. Un jour, tu mourras, et je serai là à t'attendre. Tu me paieras alors au centuple ce que tu m'as infligé. Tu ne peux même pas imaginer les tourments que je te réserve.

– Écoute-moi, imbécile ! sifflai-je. Écoute bien ! Je ne ressasse pas les échecs passés ni ne m'inquiète de l'avenir plus qu'il n'est nécessaire. Je vis dans le présent. Et dans ce présent, tu es là, pris au piège. C'est toi qui souffres. Tu es en *mon* pouvoir.

– Tu es forte, sorcière, reprit calmement le Malin. Mais tu es traquée par plus fort et plus dangereux que toi. Tes jours sont comptés.

Soudain, une immobilité silencieuse nous enveloppa. Notre conversation l'avait poussé à tenter ce qu'il n'avait pas réussi la première fois que je l'avais sorti du sac. Il possédait le don de ralentir ou d'arrêter le temps, bien que d'être séparé de son corps ait limité ses capacités. Ne voulant courir aucun risque, je lui fourrai la pomme enveloppée de ronces dans la bouche et retirai mon crochet.

Le visage du Malin se tordit, ses yeux roulèrent convulsivement sous les paupières closes. Mais j'entendais de nouveau les feuilles bruire dans le vent. Le temps avait repris son cours, le danger était passé.

Je remis la tête dans le sac de cuir et, le regard fixé sur l'obscurité des bois, je me concentrai. Un bref reniflement m'apprit que l'endroit était encore sûr. Rien de menaçant ne guettait dans les buissons recouvrant le sommet de la colline, et c'était un excellent emplacement. Mes poursuivants, dont le nombre avait peu à peu augmenté, ne pourraient pas approcher sans être repérés. Je les avais semés en fin de soirée. Je m'étais ensuite enveloppée dans ma précieuse cape d'invisibilité. Je ne l'employais qu'avec parcimonie, car mes ressources étaient presque épuisées. Minuit approchait ; j'avais l'intention de me reposer ici et de reprendre des forces en dormant jusqu'à l'aube.

Quelques instants plus tard, je m'éveillai en sursaut, alarmée. Mes poursuivants escaladaient le flanc de la colline et se déployaient de façon à encercler le bois.

Comment était-ce possible ? Je m'étais rendue soigneusement invisible, ils n'auraient pas dû me localiser. Sautant sur mes pieds, je balançai le sac de cuir sur mon épaule. L'heure n'était plus à la fuite, mais à l'affrontement. Comme toujours, l'anticipation renouvela ma vigueur. Mesurer ma force à celle de mes ennemis, me battre et tuer, telle était ma raison de vivre.

Combien étaient-ils ? Je touchai les os de pouce pendus au collier que je portais autour du cou, assimilant leur pouvoir magique avant de sonder mentalement les ténèbres.

Ils étaient neuf à approcher. Je reniflai à trois reprises pour en apprendre davantage. D'autres suivaient – à environ un mile –, une vingtaine, peut-être davantage. Percevant alors un élément anormal, je reniflai de nouveau. Quelque chose ou quelqu'un s'était joint à ce groupe, que je n'arrivais pas à identifier. Un être étrange. De quelle nature ? Je me rappelai les paroles du Malin :

« Tu es traquée par plus fort et plus dangereux que toi. »

Faisait-il allusion à cette créature ? Peut-être. Pour le moment, en tout cas, je n'avais pas à m'inquiéter du gros de la troupe ; je devais d'abord affronter la menace immédiate. Je m'employai donc à évaluer le danger représenté par les neuf attaquants les plus proches.

Sept d'entre eux étaient des sorcières. L'une d'elles au moins était de première force et utilisait la magie d'un animal familier. Cela expliquait sans doute comment j'avais été repérée. Le compagnon d'une sorcière peut être aussi bien un crapaud qu'un aigle. Il s'agit parfois d'un habitant de l'obscur, bien que ces êtres-là soient difficiles à contrôler. Celui-ci avait su percer mon enveloppe d'invisibilité.

Je perçus aussi que l'un de ceux qui grimpaient sur la colline était un semi-homme, et que le neuvième était un mage noir.

Il m'aurait été facile de m'esquiver en choisissant le passage qui m'opposerait le moins de résistance. Deux des sorcières étaient jeunes, encore novices. Je pouvais rompre l'encerclement à cet endroit et me fondre dans l'obscurité. Mais telle n'est pas ma façon de faire. J'allais leur rappeler qui j'étais, leur envoyer à tous un message clair : j'étais Grimalkin, la tueuse du clan Malkin. J'étais restée éloignée trop longtemps, ils avaient perdu le respect qu'ils me devaient. Ils apprendraient de nouveau à me craindre. Bondissant vers mes ennemis, je les mis en garde :

– Je suis Grimalkin, et je peux vous tuer tous ! Je n'abattrai pourtant que trois d'entre vous, les trois plus forts !

Pour toute réponse, un grand silence tomba sur la colline, le calme avant la tempête. J'étais la tempête.

Je tire alors deux armes : dans ma main gauche, la longue lame que j'utilise en combat rapproché ; dans la droite, un couteau de jet. Mes adversaires entrent à présent sous les arbres et je descends la colline à leur rencontre. J'abattrai d'abord le mage, puis le semi-homme, et enfin la sorcière la plus puissante.

Je progresse lentement, prenant soin de ne faire aucun bruit. Certains des attaquants manquent de ce talent ou de cette prudence. Mon ouïe fine détecte ici ou là un craquement de branche, le froissement d'une longue jupe traînant sur le sol.

Arrivée en surplomb du mage, je m'arrête. Il n'est qu'un homme et sera le plus facile des trois à vaincre. Néanmoins, il est indubitablement plus redoutable que six des sorcières. Une tueuse ne doit jamais sous-estimer son adversaire. Je le tuerai vite avant de passer au suivant.

Je me ramasse sur moi-même comme un ressort et me concentre sur mon attaque, fouillant l'obscurité de mon regard perçant. Le mage est jeune, mais malgré la puissance de sa magie, il n'est pas en bonne condition physique : trop gros, essoufflé par la montée.

Soudain, je m'élance. Trois pas, et je projette mon couteau sans ralentir. Le mage le reçoit en plein cœur. Il bascule en arrière, mort avant d'avoir pu émettre un cri. Ses protections magiques se sont révélées inefficaces.

Le semi-homme est ma prochaine cible. Il est grand, avec des yeux énormes. Des crocs jaunes soulèvent sa lèvre supérieure. Ces créatures possèdent une force colossale. Il faut les tenir à distance et ne les attaquer qu'à une longueur de bras. Qu'ils vous saisissent, et vous finissez déchiqueté, les membres arrachés l'un après l'autre. Ils sont brutaux, dépourvus de tout sens moral, capables du pire. Si j'avais eu un tel fils, je l'aurais noyé dès sa naissance.

Je cours vers lui à toute vitesse, tirant une autre arme de jet d'un de mes fourreaux. J'ai bien visé. Je lui aurais transpercé la gorge s'il n'était pas protégé. Mais les sorcières l'ont enveloppé d'un sort qui écarte ma lame. Elle rebondit et retombe, inutile. Avec un rugissement furieux, le monstre fonce sur moi, brandissant d'une main une massue et de l'autre une lance à pointe recourbée. Il abat la première et me vise de la seconde. Je m'écarte juste à temps.

Je pivote, et le sac pesant bat contre mon dos. De ma longue lame, je tranche la gorge du semi-homme. Il s'écroule en émettant un affreux gargouillis, tandis qu'un flot de sang jaillit de sa blessure. Sans changer de rythme, je reprends ma course. Il me reste à affronter ma troisième ennemie, la puissante sorcière.

Je me déplace latéralement ; de cette façon, l'arme que je tiens de la main gauche, la plus meurtrière, reste face à la pente et aux sorcières qui continuent de grimper vers moi. L'une d'elles attaque, mais ce n'est pas celle qui m'intéresse. Je la frappe au visage du pommeau de mon épée, et elle bascule en arrière. Elle survivra, édentée.

L'adversaire que j'ai choisie a compris mes intentions. Se plantant face à moi, elle lance vers mon cœur de noirs enchantements comme autant de traits empoisonnés. Je les esquive. À l'instant où je me jette sur elle, j'entends un battement d'ailes : une ombre aux serres ouvertes fond sur moi. C'est une crécerelle, une sorte de faucon. Mon épée décrit un arc de cercle. Le volatile émet un cri perçant, et des plumes voltigent autour de moi, telle une neige sanglante.

Voyant son petit compagnon mort, la sorcière glapit. Elle glapit de nouveau quand je lui entaille la peau une première fois. Le coup suivant lui ôte la vie. Les seuls bruits audibles, à présent, sont le clappement de mes pieds sur le sol et le chuintement de ma respiration. Je dévale la pente, quittant le couvert des arbres.

Je sortis du bois en direction de l'est, abandonnant mes ennemis à leur sort. Sans ralentir ma course, je réfléchissais à ce qui venait d'arriver. Une tueuse doit sans cesse évaluer ses échecs autant que ses réussites, car les uns et les autres ont beaucoup à lui enseigner. Il me fallait comprendre comment j'avais été découverte. La sorcière était puissante, mais son compagnon n'était qu'un jeune faucon. Leurs magies réunies n'étaient pas en mesure de percer l'écran d'invisibilité dont je m'étais entourée. Non, il y avait autre chose.

Je repensai à l'étrange présence mêlée au groupe resté à l'arrière. De quelle nature était-elle ? Était-ce cette créature qui m'avait repérée ? Auquel cas, elle possédait de grands pouvoirs. C'était quelque chose de nouveau, que je n'avais encore jamais rencontré.

L'inconnu présente toujours un danger, il est sage de s'en méfier. Mais cet être-là serait bientôt mort. Comment pouvait-il espérer me vaincre ?

Je suis Grimalkin.

2

Un avenir incertain

Redis-toi chaque matin que tu es la meilleure,
la plus forte, la plus redoutable.
Tu finiras par en être persuadée.
Un jour, cela sera vrai.
Ça s'est révélé vrai pour moi.
Je suis Grimalkin.

Un peu avant l'aube, je fis halte pendant une heure. Je bus l'eau fraîche d'un ruisseau et mâchai mes dernières tranches de viande séchée.

Mes provisions étaient presque épuisées, un peu de gibier aurait été bienvenu. J'aurais pu attraper facilement quelques lapins, mais j'étais poursuivie;

je ne pouvais m'accorder que de brefs moments de repos. Si le gros de mes ennemis était encore à presque deux miles de distance, l'un d'eux, parti en tête, se rapprochait. C'était la créature inconnue dont j'avais reniflé la présence dans le bois.

Elle avançait plus vite que moi. Aussi dangereuse fût-elle, je devrais bientôt l'affronter. Il me fallait en savoir plus. Je sortis un petit miroir d'un sachet de cuir accroché à une lanière sur mon épaule, marmonnai une formule magique et soufflai dessus.

Quelques secondes plus tard, un visage apparut, celui d'Agnès Sowerbutts. Bien que née Deane, elle ne portait guère son clan dans son cœur. Elle vivait à l'écart et m'était venue en aide à plusieurs reprises. Un intérêt commun nous liait l'une à l'autre : elle était la tante d'Alice Deane et une amie de Tom Ward, l'apprenti de l'Épouvanteur.

Agnès a un talent particulier pour utiliser les miroirs. Elle n'a pas son égal pour localiser les gens, les objets et les créatures de l'obscur. Néanmoins, elle garde son quant-à-soi, et peu savent qu'elle possède également un don de voyance bien supérieur à celui de la défunte Martha Ribstalk, qui fut la plus grande scruteuse du clan Malkin.

Il faisait trop sombre pour qu'Agnès pût lire sur mes lèvres. Aussi, soufflant de nouveau sur le miroir, je lui posai ma question par écrit :

Qui est à mes trousses ?
Qu'arrivera-t-il lors de l'affrontement ?
Peux-tu m'aider ?

J'essuyai la buée sur la surface de verre. Agnès m'adressa un hochement de tête. Elle ferait de son mieux, je n'en doutais pas.

Je repris donc ma course, m'efforçant de maintenir l'écart entre mon poursuivant et moi. Le sac de cuir cognait contre mon dos à chaque enjambée. La tête du Malin me semblait de plus en plus lourde et me ralentissait. La chasse était implacable, et je serais bientôt rattrapée. En vérité, cette idée ne me déplaisait pas. La fuite est une option qui n'a jamais eu ma préférence. J'attendais avec satisfaction le moment où je devrais me retourner et me battre.

L'aube vint, grise, accompagnée d'une bruine froide qui me mouillait la figure. Au bout d'une heure, je sentis le miroir s'agiter dans son sachet : Agnès cherchait à me contacter. Je fis halte à l'abri d'un gros arbre. Élevant le miroir devant moi, je la vis qui me fixait. Malgré son visage aimable, aux joues pleines et au menton rond, on devinait qu'elle n'était pas femme à se laisser manipuler.

Elle s'appelait Sowerbutts, ayant épousé un homme de Whalley, pour qui elle avait quitté Roughlee, le village des Deane. Depuis la mort de son mari, dix ans plus tôt, elle y était revenue, mais habitait un cottage dans les faubourgs. Bien qu'elle préférât garder ses distances avec le clan, elle n'ignorait rien de ce qui se passait à Pendle. Peu de choses échappaient à Agnès et à son miroir.

Elle eut un bref sourire de bienvenue, mais avant même qu'elle eût pris la parole, je lus dans ses yeux qu'elle n'avait pas de bonnes nouvelles. Je me concentrai sur ses lèvres pour déchiffrer ce qu'elles articulaient en silence :

Ce qui te pourchasse est un « kretch », un être créé par un groupe de sorcières, de mages et de semi-hommes. Sa mère était une louve, et son père un démon.

– Comment s'appelle ce démon ?

Ce savoir était vital pour évaluer l'étendue des pouvoirs de cette créature. Son apparence serait sans doute celle d'un loup, mais beaucoup dépendrait des dons hérités de son père. Mon propre clan, les Malkin, avait lui aussi recours aux kretchs. Le dernier s'appelait Tibb. Nous l'utilisions pour contrer le pouvoir grandissant d'un voyant du clan Mouldheel. Les kretchs sont généralement conçus dans un but précis. Celui-ci avait pour mission de me tuer.

Agnès articula en secouant la tête :

*Désolée. Je ne connais pas son nom, une magie puis-
sante me le cache. Mais je vais tâcher d'en apprendre plus.*

– Je t'en serai reconnaissante. As-tu aussi inter-
rogé l'avenir ? Quelle sera l'issue de notre combat ?

Son expression s'assombrit.

*Si tu affrontes le kretch maintenant, tu recevras une
blessure mortelle. C'est quasi certain.*

– Et si je retarde l'affrontement ?

*Le dénouement est moins clair. Mais tes chances de
survie augmentent à mesure que le temps passe.*

L'ayant remerciée, je replaçai le miroir dans son
enveloppe et repris ma fuite. Tout en courant, je
réfléchissais à ce qu'Agnès m'avait dit. Que mon
poursuivant soit un kretch me persuadait de l'éviter le
plus longtemps possible. Ces êtres n'ont qu'une durée
de vie limitée. Il vieillirait rapidement ; pourquoi
l'affronter au meilleur de ses forces ? Garder la tête du
Malin hors de portée de ses serviteurs était beaucoup
plus important que satisfaire ma soif d'en découdre.

Je crois au pouvoir des scruteuses, bien que leurs
prédictions ne soient pas toujours fiables. Il arrive
même – rarement, il est vrai – qu'elles se révèlent
fausses.

Je me rappelle ma première entrevue avec Martha
Ribstalk. Pour voir l'avenir, elle examinait la vapeur
sanglante montant d'un chaudron où elle avait

mis à bouillir des pouces et d'autres doigts pour en détacher la chair. À cette époque, elle était la praticienne la plus réputée dans cet art obscur.

Je lui avais rendu visite une heure après minuit, ainsi que nous en étions convenues. Elle avait déjà bu le sang d'un ennemi et accompli les rituels préliminaires.

— Acceptez-vous mon argent ? avais-je demandé.

Elle avait acquiescé tout en me jetant un regard de mépris. J'avais donc laissé tomber trois pièces dans le chaudron.

— Assieds-toi, m'avait-elle ordonné en désignant d'un doigt impérieux les dalles de pierre devant le foyer.

Le contenu du chaudron bouillonnait, l'odeur du sang épaississait l'air, et j'en avais senti à chaque inspiration le goût métallique à l'arrière de ma langue.

Je m'étais assise en tailleur et l'avais observée à travers la vapeur. Elle était restée debout, me dominant de toute sa hauteur, une tactique employée par ceux qui veulent vous en imposer. Elle ne m'avait pas intimidée pour autant, et j'avais soutenu son regard avec calme pour l'interroger :

— Que voyez-vous ? Quel sera mon avenir ?

Elle avait gardé le silence un long moment, se plaisant visiblement à me faire languir. Cela l'avait agacée que je lui eusse posé une question plutôt que d'attendre son verdict.

– Tu as choisi ton ennemi, avait-elle enfin dit. Le plus puissant qu'aucun mortel ait jamais affronté. Ce qui en découle est facile à prévoir. Le Malin ne peut approcher de toi sans que tu y consentes. Aussi, il attendra ta mort. Il s'emparera alors de ton âme pour la condamner à d'éternels tourments. Il y a cependant autre chose, que je n'arrive pas à discerner. Une force pourrait s'interposer. Rien de sûr, une simple lueur d'espoir...

Elle avait marqué une pause avant de se pencher plus attentivement vers la vapeur. Enfin, elle avait repris :

– Oui, il y a autre chose... un nouveau-né.

– Qui est cet enfant ?

– Je le distingue mal, avait admis Martha Ribstalk. Une ombre me le cache. De toute façon, même avec son intervention, seule une sorcière particulièrement experte dans le maniement des armes aura une chance de survivre. Une sorcière possédant la férocité et la vélocité d'une tueuse, plus redoutable encore que la redoutable Kernolde.

Railleuse, elle avait ajouté :

– Dans ces conditions, quel espoir te reste-t-il ?

Kernolde était alors la tueuse des Malkin, une femme d'une rapidité et d'une force terrifiantes. Elle avait abattu vingt-sept candidates à sa succession – trois par an –, et entamait sa dixième année de souveraineté.

M'étant relevée, j'avais fixé Martha avec un sourire provocant.

– Je tuerai Kernolde et je prendrai sa place. Je serai la tueuse des Malkin, la plus redoutée de toutes.

J'avais tourné les talons et je m'en étais allée, poursuivie par des ricanements moqueurs. J'avais pourtant parlé tout à fait sérieusement. Pour vaincre le Malin, je devais développer mes talents au combat et devenir la tueuse du clan Malkin. Après quoi, je ferais alliance avec cet enfant inconnu.

Je finis par apprendre son nom.

Tom Ward.

La bruine s'était muée en pluie torrentielle qui me dégoulinait sur le visage et me trempait jusqu'aux os.

Tout en accélérant l'allure, je méditais sur l'art de la scrutation. Si la plupart des sorcières utilisent un miroir, certaines entrent dans une transe profonde et entrevoient l'avenir en rêve. D'autres lancent des ossements dans le vent du nord et observent leur façon de retomber. On peut aussi examiner les entrailles d'un animal. Les visions du futur restent néanmoins imprécises, en dépit de ce que les scruteuses voudraient nous faire croire. Le hasard y joue un rôle. Et une sorcière est incapable de prédire sa propre mort ; une autre devra s'en charger pour elle.

Je n'aimais pas Martha Ribstalk, mais elle était habile, et je la consultai de nouveau à plusieurs reprises. Lors de notre dernière rencontre, elle m'avait annoncé quand et comment je mourrais. Bien qu'elle eût insisté sur le fait que la chose surviendrait à une date éloignée, je ne m'y fiais pas. Le temps suit de nombreux chemins. J'avais peut-être déjà emprunté celui qui démentirait cette prophétie. Auquel cas je savais exactement où j'en étais.

Je m'étais alliée avec John Gregory et Thomas Ward. J'avais choisi d'utiliser mes propres pouvoirs pour combattre l'obscur et détruire le Malin. Cette option pouvait tout changer.

J'abordai une pente, et je ralentis mon pas. Ayant atteint une hauteur, je m'accroupis pour que le kretch ne voie pas ma silhouette se découper contre le ciel. Et je restai aux aguets, impatiente de le découvrir enfin.

Je n'eus pas longtemps à attendre. La créature conçue par mes ennemis surgit d'un buisson de sycomores et franchit un fossé avant de disparaître derrière une haie. Je ne l'avais aperçue qu'une brève seconde, assez pour comprendre que j'avais affaire à un être formidablement dangereux.

De loin, comme je l'avais imaginé, il ressemblait à un énorme loup. De quelle taille exactement, c'était difficile à estimer. Il galopait à quatre pattes, et des reflets argentaient son épaisse toison noire le long de son dos. Puis je découvris que ses deux pattes avant étaient en réalité des bras musculeux.

Il serait agile au combat, et d'une force colossale. Ses bras seraient aussi puissants que ceux d'un semi-homme, capables de me broyer les os et de m'arracher les membres. Ses griffes et ses crocs seraient sans doute empoisonnés. Une morsure, une simple égratignure suffirait à me procurer une mort lente et douloureuse. Peut-être était-ce à cela qu'Agnès Sowerbutts avait fait allusion en parlant d'une blessure mortelle.

Mon instinct me criait de faire face et de me battre maintenant, d'étriper ce kretch et d'en finir. Ma fierté me dictait la même chose. Quel que soit l'adversaire que mes ennemis m'enverraient, j'étais la plus forte, et je le prouverais.

Hé, messire Loup ? Es-tu prêt à mourir ?

Cependant, ma survie et ma fierté ne comptaient guère, l'enjeu était trop important. Dans toute bataille, il y a une part de hasard. On peut se tordre une cheville contre une pierre à fleur de terre ; un adversaire moins doué peut être favorisé par un coup de chance. C'est ainsi que les tueuses du clan Malkin avaient trouvé la mort, vaincues par des rivales inférieures à elles. Il m'était difficile de m'imaginer vaincue, mais si cela arrivait, la tête du Malin tomberait aux mains de mes ennemis. Il ne tarderait pas à arpenter de nouveau la terre.

J'avais promis de garder cette tête hors d'atteinte des serviteurs de l'obscur. Je continuerais donc à fuir le temps qu'il le faudrait.

3

Oh, messire Loup!

Regarde, tu saignes! La mort guette. La douleur est terrible.
Ton ennemi s'avance, prêt à prendre ta vie.
Est-ce la fin? Es-tu vaincue?
Non! Le combat ne fait que commencer.
Crois-moi, je sais de quoi je parle.
Je suis Grimalkin.

Courant toujours, j'examinai une fois de plus les différentes possibilités.

Quelle direction choisir? Jusqu'alors, je n'avais rien planifié.

Après avoir suivi une longue route tortueuse à travers l'Irlande, j'avais contraint un pêcheur solitaire à me transporter jusqu'à la côte est du Comté. À la fin du voyage, la plupart des sorcières de Pendle auraient tué le bonhomme pour lui prendre son sang ou les os de ses pouces. Moi, la plus dangereuse de toutes, je lui avais laissé la vie sauve.

— Tu n'auras jamais été aussi proche d'une mort violente qu'au cours de ces dernières heures, lui dis-je en débarquant. Retourne chez toi et coule des jours heureux avec les tiens.

Pourquoi un tel comportement ? Mes ennemis y auraient vu une marque de faiblesse, le signe que je m'amollissais, que je n'étais plus digne d'être la tueuse du clan Malkin et que je devrais bientôt céder la place. Quelle erreur ! Le pêcheur ne présentait aucune menace. Quand vous avez à tuer aussi souvent que moi, vous n'ôtez plus la vie inutilement, surtout lorsque c'est trop facile. Et cet homme m'avait suppliée. Il m'avait parlé de sa femme et de ses jeunes enfants, du mal qu'il se donnait pour les préserver de la famine. Sans lui, m'avait-il dit, ils mourraient. Je l'avais donc épargné et j'avais repris mon chemin.

Vers où aller, à présent ? Je pouvais gagner les collines du Nord, dans la région des lacs, le territoire hostile des sorcières d'eau. Mais ces hordes de créatures boueuses étaient de fidèles alliées du Malin. Choisir la direction opposée était tout aussi dangereux : les forces armées qui avaient envahi le Comté venaient d'être repoussées au sud. M'aventurer dans leurs lignes aurait été folie.

Le mieux était encore de poursuivre ma route. Cependant, j'avais besoin de repos. Le seul endroit où on ne s'attendrait pas à me voir était Pendle, où vivait mon clan. J'y avais autant d'ennemis que d'amis. Certaines sorcières se réjouissaient de voir le Malin perdre sa souveraineté sur le monde. D'autres souhaitaient le détruire ou le renvoyer à l'obscur. Oui, Pendle était un bon choix. Et je connaissais un lieu où trouver asile le temps de reprendre des forces et de renouveler mes ressources magiques : la tour Malkin. Jadis notre forteresse, elle était désormais occupée par les deux féroces sorcières lamias, les « sœurs » de la mère de Tom Ward.

Me laisseraient-elles entrer ? Adversaires du Malin, elles accepteraient peut-être de partager leur refuge avec moi. Cela valait la peine d'essayer. J'obliquai donc pour me rendre à Pendle.

Or, bien avant d'y parvenir, je compris que je devrais d'abord affronter le kretch. La créature n'était plus qu'à une centaine de mètres et elle gagnait rapidement du terrain. Si je ne faisais pas face, je risquais d'être abattue par-derrière.

Mon cœur palpita d'excitation. Me battre, c'était toute ma vie.

Ayant atteint le sommet d'une petite hauteur, je me retournai. Le kretch venait de traverser un étroit vallon, en contrebas, et entamait l'ascension de la colline. Sa toison noire luisait sous la pluie. Nos yeux se rencontrèrent. Je lus dans son regard bien plus que de l'avidité, le désir frénétique de planter ses crocs dans ma chair, de la déchirer et de me broyer les os. Il n'avait été conçu que dans ce dessein, et son besoin forcené de victoire pimenterait notre bataille.

Je déposai le sac sur le sol. Je n'aimais pas l'idée de le laisser sans surveillance, mais il aurait gêné mes mouvements. Désormais, je n'avais plus le droit à l'erreur ; il me fallait mettre en jeu le meilleur de mes capacités, autant magiques que tactiques. Mon attaque devait être parfaite.

Portant la main à mon collier, je touchai un à un, de gauche à droite, les os de pouces qui le composaient. Tels les doigts d'un moine sur les grains de son chapelet, les miens couraient sur les ossements, absorbaient leur pouvoir, tandis qu'en guise de prière je marmonnais les formules rituelles. Chacun de ces os était une relique prise sur le corps d'un ennemi vaincu. Chacun avait été soigneusement bouilli et débarrassé de sa chair. Les sorts initiaux – ceux dits de « fabrication » – doivent être psalmodiés avec précision et sur un rythme particulier. Les os viennent alors danser à la surface du liquide en ébullition comme s'ils cherchaient à sauter hors du chaudron. Il faut les repêcher à la main en dépit des brûlures sans les laisser tomber sur le sol. Après quoi, on y perce un trou et on les ajoute au collier. Plus puissant est l'ennemi, plus grande est la magie stockée dans ses os. Elle a toutefois une durée limitée. Un os vidé de son pouvoir doit être remplacé.

Je touchai d'abord ceux de Janet Fox ; elle était robuste, et nous avions lutté pendant deux heures sous le soleil de l'après-midi. J'aspirai tout ce qu'ils contenaient encore ; ceux-là avaient fait leur temps. Je ne vidai pas complètement les os de Lydia Dent-Jaune. Elle se montrait habile au combat, et cette subtilité me serait utile. J'en conservai cependant une partie pour une autre occasion. Je fis ainsi le tour du collier pour en tirer ce dont j'avais besoin.

J'étais prête.

Je cours à toute vitesse vers le kretch. À chaque enjambée, ma raison me rappelle que la victoire sera difficile. La créature est bien plus grande que je le croyais. Si son apparence est celle d'un loup, sa taille approche celle d'un cheval. En plus de ses bras musculeux terminés par de longs doigts aux griffes effilées, je remarque des sortes de poches autour de son corps velu. Ce ne sont pas des fourreaux maintenus par des lanières de cuir mais des replis de chair qui contiennent des armes.

Qu'importe ! Je possède l'instinct d'une guerrière et je ne connais pas le doute. Quelles que soient ses bizarreries, je vaincrai. Je suis Grimalkin !

Sans ralentir ma course, j'oblige mon cœur à s'arrêter. C'est un talent que je cultive depuis des années. Mon pouls se calme : rien dans les pulsations de mon sang ne viendra me gêner. Je tire un couteau d'un de mes fourreaux et le lance à la tête de la créature.

J'ai parfaitement visé. Néanmoins, à mon grand dépit, la lame glisse sur la peau du kretch, dérape sur son crâne hirsute et retombe dans l'herbe haute sans lui avoir causé le moindre mal. Un casque d'acier ne lui aurait pas assuré une meilleure protection.

Puis je distingue une trace sanglante dans la fourrure sombre. La chair est entaillée ; c'est l'os épais, en dessous, qui a fait barrière. Le reste du corps présente-t-il des défenses similaires ? L'agile créature se déplace avec trop de grâce et de souplesse pour ne pas avoir des points faibles. Je les trouverai, et elle mourra.

Pour tester mon hypothèse, je lui lance une deuxième lame dans le flanc. Il esquive à une vitesse étonnante. Manqué ! Je laisse mon cœur reprendre ses battements.

Le kretch change alors d'angle d'attaque. Je cours toujours vers lui, mon épée – celle que j'utilise en combat rapproché – dans la main gauche. Imitant mon geste, la créature tire une longue lame d'une poche de son épaule. Elle aussi se sert de sa main gauche. Les griffes de sa main droite sont prêtes à me recevoir. Mais, à présent, je sais exactement comment je vais l'emporter.

Nous nous heurtons avec violence. Le kretch gronde, montre ses crocs pointus et abat son arme. La puanteur de son haleine rance m'emplit les narines tandis que je m'accroupis et glisse des deux pieds sur l'herbe humide. Je passe derrière le corps velu, je balance ma lame de droite à gauche et lui tranche les tendons des jarrets.

La créature rugit et s'effondre sur son arrière-train ; de longs jets de sang rougissent l'herbe. Ayant déjà roulé hors de portée, je remonte la pente pour ramasser le sac de cuir, que je balance sur mon épaule. Je me retourne avec un sourire de triomphe. Le kretch, hurlant, s'efforce de ramper vers moi à l'aide de ses bras puissants.

Oh, messire Loup, vous voilà bien éclopé !

Il tire péniblement derrière lui ses pattes inutiles. Il ne me rattrapera plus. Ses créateurs finiront par le retrouver et mettront un terme à ses souffrances. Je suis satisfaite, même si j'avais espéré un combat plus rude. Il est toujours gratifiant de vaincre un ennemi.

C'est le cœur plus léger que je repars vers Pendle, portée par l'exaltation qu'apporte la victoire. La pluie elle-même s'est arrêtée. Les nuages s'écartent, le soleil brillera bientôt. Quant à mes autres poursuivants, je les laisse loin derrière moi.

Je m'assis sur l'herbe, les jambes croisées, et m'installai confortablement. Je tirai du sac la tête du Malin en la prenant par les cornes et la déposai sur un talus, de sorte que nos visages se trouvent face à face.

Ayant débarrassé sa bouche de la pomme verte et des ronces, j'attendis tranquillement le début de notre conversation. Elle commençait toujours de la même façon.

– Découds mes paupières ! gronda la voix profonde qui fit vibrer tout le talus.

– Pourquoi te répéter ? Tu n'apprendras donc jamais à accepter ton sort ? Tes yeux resteront clos. Remercie-moi de t'accorder un peu de temps pour t'exprimer ; ne le gaspille pas. As-tu quelque chose à me dire ? Quelque chose qui vaille d'être entendu ?

Le Malin ne répondit pas, mais ses globes oculaires roulaient follement sous ses paupières. Puis sa bouche articula des propos inaudibles.

– Essaies-tu de communiquer avec quelqu'un ? demandai-je. Converses-tu avec un de tes valets ? Auquel cas je te remets dans le sac !

– Mes valets me parlent sans cesse, que je sois ou non capable de leur répondre. Et ce que je viens d'apprendre est du plus haut intérêt.

La bouche grimaça un sourire de satisfaction en lâchant un filet de salive sanglante. Je n'accordai pas au Malin le plaisir de l'interroger sur ce qu'il savait. Il finirait par me le révéler ; il me suffisait d'être patiente.

– C'est terminé pour toi, lâcha-t-il enfin. Tu es déjà morte. Et je serai bientôt libre.

– J'ai mutilé le kretch, le monstre que tes valets ont créé. Ne te fais pas trop d'illusions.

– Tu reconnaîtras vite la vérité, sorcière. Très vite, même.

J'eus un rire méprisant.

– Toi, le Père du Mensonge, tu parles de vérité ?

Toujours soucieuse de son confort, j'arrachai une grosse poignée d'orties que je répandis au fond du sac en guise de matelas. Puis je lui obturai de nouveau la bouche avec la pomme et les ronces.

– Dors bien ! Fais de beaux rêves ! lançai-je en serrant le cordon qui fermait le sac.

Je m'arrêtai un peu avant le coucher du soleil et posai des pièges pour attraper des lapins. La soirée s'annonçait tiède et agréable, l'herbe avait séché. J'avais déjà atteint la lisière du district de Pendle, dont la colline se détachait nettement au nord-est.

Je décidai d'utiliser mon miroir pour prendre contact avec Alice Deane. Avait-elle regagné le Comté sans encombre avec Tom Ward et John Gregory ? Notre dernier échange datait d'une semaine. À ce moment-là, ils étaient sur le point de traverser l'Irlande en diligence pour gagner Dublin, où ils devaient prendre un bateau. En avance sur eux, j'avais déjà débarqué à Liverpool et pris la route du nord en suivant la côte, avant ma première rencontre avec des serviteurs du Malin à l'ouest d'Ormskirk.

Tirant le miroir de son sachet, je prononçai la formule magique et attendis l'apparition d'Alice.

Le miroir étincela, et elle me sourit.

– Tout va bien ? demandai-je.

Alice fit signe que oui avant d'articuler :

Nous sommes rentrés depuis trois jours, et le vieux Gregory s'est empressé d'embaucher des ouvriers pour rebâtir sa maison. Pour le moment, nous dormons à la belle étoile. Comment allez-vous ? La tête est-elle en sûreté ?

– Oui, fillette, lui assurai-je. Il y a eu des difficultés, mais j'ai survécu. La tête est toujours entre mes mains. Malgré tout, je ne pourrai pas fuir indéfiniment. Dis à Tom Ward de se creuser les méninges ! Nous devons détruire le Malin une fois pour toutes.

J'adressai un petit salut à Alice avant de ranger le miroir. Puis je me tournai vers la masse menaçante de Pendle. J'étais presque arrivée chez moi. Quand j'atteindrais la tour Malkin, les lamias me permettraient-elles de m'y réfugier ? Sinon saurais-je les y obliger ? Les affronter toutes les deux serait difficile. Mais, si j'entrais par le tunnel, je pourrais en attirer une dans les souterrains. En théorie, elles étaient mes alliées, ce qui ne m'empêcherait pas de les tuer si cela s'avérait nécessaire.

Je sentis alors le miroir s'agiter dans son sachet de cuir. Quand je le pris, Agnès Sowerbutts me fixait, la mine inquiète.

– J'ai mutilé le kretch, lui appris-je. Ce danger-là est écarté.

J'aimerais qu'il en soit ainsi, articula-t-elle. *J'ai vu la créature : elle étanchait sa soif dans un étang. Elle continue de te suivre en se traînant sur ses membres valides. Elle sera bientôt capable de courir de nouveau. J'ai réussi à découvrir le nom de son père. Il a été engendré par Tanaki, un démon caché, rarement – et difficilement – invoqué. On connaît peu de choses sur lui, hormis sa ténacité. Une fois lancé, rien ne le fait* dévier de son but tant que sa tâche n'est pas accomplie. De plus, chaque défaite augmente ses forces. Il devient plus formidable à chaque combat. Le kretch aura hérité de ces particularités. Il possède aussi de puissants dons de guérison.

Je hochai la tête, préoccupée. La mutilation aurait dû être définitive. Cette créature allait me donner du fil à retordre. Je ne pouvais plus m'accorder le répit d'une bonne nuit de sommeil.

Il y a pire, articula silencieusement Agnès, ses yeux rivés sur les miens. *Tu as une coupure au front…*

Ayant passé un doigt sur mon arcade sourcilière, je le ramenai légèrement rougi. J'avais bien une fine entaille, sans doute infligée par une des griffes du kretch. Dans le feu de l'action, je n'avais rien senti. Je me rappelai alors qu'Agnès m'avait prédit « une blessure mortelle ».

– Ce n'est pas grave, dis-je. Une simple égratignure.

La blessure est insignifiante. Mais un poison a pu se répandre dans ton sang. Veux-tu que j'essaie de voir ce qu'il en est ?

Je ne pensais pas que ce fût nécessaire, n'éprouvant pas la moindre faiblesse. J'acquiesçai cependant pour faire plaisir à Agnès, et son image s'effaça. J'occupai l'heure suivante à cuisiner et à déguster deux lapins dodus tout en songeant au kretch. De quelles aptitudes mes ennemis l'avaient-ils doté ? Peut-être une glande, à la base de ses griffes, produisait-elle une substance annihilant toute douleur ? Certains prédateurs emploient cet artifice, de sorte que leurs proies ignorent qu'un poison pénètre leur blessure... et le comprenne trop tard. Néanmoins, je n'étais pas très inquiète. Rassasiée, ragaillardie, je courus toute la nuit en direction de Pendle. J'étais pleine d'énergie, je ne présentais aucun symptôme d'empoisonnement.

Pas encore.

Ils se manifestèrent lorsque les contours de Pendle se découpèrent contre le ciel, dans la clarté grisâtre qui précède l'aube.

Cela commença avec des troubles de la vision : des éclairs lumineux au coin des yeux. Je n'avais jamais rien connu de semblable et n'y accordai guère d'attention. Peu à peu, le phénomène s'intensifia. J'avais le souffle court, le cœur battant. Je m'efforçai d'ignorer cette gêne, ainsi que le poids du sac, qui me paraissait augmenter à chaque pas. Puis je flageolai sur mes jambes.

Soudain, je tombai à genoux, secouée par une vague de nausée. Je vomis mon dîner sur l'herbe et restai pliée en deux, aspirant l'air tel un poisson hors de l'eau. Au bout de quelques minutes, ma respiration redevint à peu près normale et je me relevai avec effort. Mais, quand je voulus reprendre ma course, j'avais les mollets comme du plomb. Je n'avançais plus que par à-coups en titubant.

Mon état ne cessait d'empirer, chaque inspiration me déchirait les poumons. Je m'interdisais malgré tout de faire halte. J'imaginais le kretch gagnant du terrain et me sautant dessus. Chaque pas, aussi lent et douloureux qu'il fût, me rapprochait de Pendle. Je possédais une grande résistance physique. Ma confiance en moi restait inentamée. Je saurais combattre les effets du poison.

Le miroir s'agita. Je le pris pour découvrir une fois de plus le visage d'Agnès Sowerbutts. L'air sombre, elle articula :

L'action du poison est lente, mais fatale. Sans soins, tu seras bientôt morte. Malheureusement, je n'ai pas pu en voir davantage : le miroir s'est obscurci.

Voilà qui laissait place à l'espoir : un miroir qui s'obscurcit signifie qu'il reste une part d'incertitude.

– Peux-tu m'aider ? demandai-je.

Je suis une vieille femme, je n'aurai pas la force de marcher jusqu'à toi. Mais si tu viens chez moi, je ferai de mon mieux.

Agnès était une guérisseuse puissante. Si seulement j'atteignais son cottage...

Je la remerciai et rangeai le miroir. Tout mon corps tremblait. J'avais beau refuser l'évidence, elle s'imposait d'elle-même : gagner les faubourgs du village des Deane me serait impossible.

Je m'étais toujours débrouillée par moi-même, agissant le plus souvent en solitaire. Ma fierté se rebellait, refusait le secours dont j'avais besoin. D'ailleurs, à qui pouvais-je faire confiance ? Il me fallait quelqu'un capable de transporter la tête du Malin et de la garder hors de portée du kretch.

Si je n'avais pas de vraies amies au sein des clans, il y avait celles que j'avais soutenues ou avec qui j'avais conclu un pacte temporaire, des sorcières comme Alice Deane. Malheureusement, Alice était trop loin, à Chipenden, avec John Gregory et Tom Ward.

Je déroulai dans ma tête la liste d'éventuels alliés, pour les rejeter les uns après les autres. Les clans de Pendle s'étaient séparés en trois groupes au temps où le Malin avait été invoqué pour parcourir la terre : ceux qui désiraient le servir, ceux qui s'opposaient à lui, et ceux qui attendaient de voir, sans doute prêts à s'associer aux vainqueurs du conflit.

J'étais restée absente de Pendle pendant des mois, et je ne pouvais être sûre de personne. Je fixai la masse grise de la colline, mes pensées tourbillonnant comme des papillons autour d'une flamme, où ils finiraient par se brûler les ailes.

Il y avait bien quelqu'un. Mais elle était jeune, et je ne voulais pas la mettre en danger. Cependant, elle était forte et capable de m'assister.

Les sorcières tueuses, au contraire des Épouvanteurs, n'ont pas pour habitude de former des apprenties. Mais je ne suis pas comme les autres. J'instruisais une fille en secret. Son nom ?

Thorne.

4

L'apprentie tueuse

Cet animal est assez puissant pour t'arracher les membres
un à un, pour te trancher la tête d'un coup de dents.
Quelles sont tes chances contre un tel adversaire ?
Nulles. Considère-toi comme morte.
Mais je connais la solution ; elle est simple :
Tue-le de loin !

Lorsque Thorne était venue me trouver, cinq ans
plus tôt, elle n'avait que dix ans. J'étais assise sous
un chêne, près du village de Bareleigh, occupée à
méditer sur ma prochaine tâche : abattre une créature qui n'était pas humaine. Dans la forêt au nord
de Pendle, un ours enragé avait étripé trois personnes

en un mois. Même s'il n'en restait que bien peu dans le Comté, cet animal devait être éliminé.

Je n'aurais jamais soupçonné une telle audace dans un être aussi jeune. L'enfant s'approcha de moi et me flanqua un violent coup de pied dans la cuisse du bout de son soulier pointu. D'un bond, je fus debout. Je soulevai la gamine par les cheveux de sorte que nos visages soient face à face.

– Si tu recommences, la menaçai-je, je te coupe une jambe !

– Je suis brave, non ? fit-elle. Qui d'autre oserait s'attaquer à la tueuse des Malkin ?

Je l'observai plus attentivement. Elle n'avait que la peau sur les os, mais ses yeux brillaient d'une détermination rare chez une fille de son âge. Quelque chose de plus vieux et de plus puissant qu'elle transparaissait sur ses traits enfantins. Ce n'était pas une raison pour encourager sa folie.

– Tu es plus stupide que brave, rétorquai-je. Fiche le camp ! Retourne chez ta mère et va plutôt faire la vaisselle !

– Je n'ai ni père ni mère. Je vis chez un méchant oncle. Il me bat tous les jours.

– Tu lui donnes des coups de pied ?

– Oui. Et il me bat encore plus fort.

Je remarquai alors les hématomes sur ses bras, le demi-cercle noir sous son œil gauche.

– Que veux-tu de moi, petite ?

– Que vous tuiez mon oncle à ma place.

Je la reposai à terre en riant avant de m'agenouiller de façon à rester à sa hauteur.

– Si je le tue, qui te nourrira, te vêtira ?

– Je travaillerai. Je me débrouillerai. Je deviendrai une tueuse comme vous.

– Pour devenir la tueuse de notre clan, tu devras d'abord m'éliminer. En seras-tu capable ? Tu n'es qu'une gosse.

Selon la tradition, chaque année, trois sorcières suivaient un entraînement pour se mesurer à la tueuse en titre. Mais personne ne m'avait affrontée depuis plusieurs années. Après avoir abattu la quinzième prétendante, j'avais mis un terme à cette pratique, écœurée par ces massacres. C'était un gaspillage de vies stupide, qui affaiblissait peu à peu le clan Malkin.

– Un jour, je serai aussi grande que vous, rétorqua la fillette. Mais je ne vous tuerai pas. Vous finirez bien par mourir. À ce moment-là, je serai prête à prendre votre place. Le clan aura besoin d'une tueuse puissante. Formez-moi !

– Rentre chez toi, petite ! Et frappe ton méchant oncle plus fort. Je ne te formerai pas.

– Alors, je reviendrai demain vous donner un autre coup de pied.

Sur ces mots, elle s'en alla, et je n'y pensai plus. Mais elle reparut le lendemain et se planta devant moi. J'étais dans ma forge, occupée à aiguiser une longue lame. Je ne pus retenir un sourire.

– T'es-tu de nouveau attaquée à ton oncle ? lui demandai-je en reposant l'arme terminée sur l'enclume.

Sans répondre, elle s'avança pour me donner un coup de pied. Je m'y attendais. Je lui flanquai une gifle, et elle s'étala dans la poussière. Je n'étais pas en colère, seulement fatiguée de sa sottise. Elle apprendrait qu'on ne jouait pas avec moi. Or, elle était têtue et – oui – courageuse. Elle tenta une deuxième attaque. Cette fois, je saisis mon épée et la pointai sur sa gorge.

– Cette lame neuve connaîtra le goût du sang avant la fin du jour, petite. Fais en sorte que ce ne soit pas le tien !

Puis je jetai la gamine sur mon épaule et l'emportai jusqu'à la forêt. Je repérai la piste de l'ours en fin d'après-midi. Le crépuscule tombait quand j'arrivai devant sa tanière, une grotte au flanc d'une colline boisée. Parmi les ossements répandus sur le seuil, certains étaient humains.

J'entendais l'animal remuer dans son repaire. Il ne tarda pas à capter notre odeur. Quelques instants plus tard, il se montrait. Gros, brun, féroce, il avait encore du sang sur le museau et sur les pattes. Ce qu'il venait de manger n'avait pas apaisé sa faim. Il darda sur nous un regard furieux. Sans le quitter des yeux, je sifflai pour le provoquer. Se dressant sur ses pattes de derrière, il lança un terrible rugissement.

Je reposai la fillette sur le sol :

– Comment t'appelles-tu ?

– Thorne Malkin.

Je lui tendis l'épée que j'avais forgée et aiguisée le matin même.

– Eh bien, Thorne, tue cet ours pour moi, ordonnai-je.

Elle examina la bête, qui avançait vers nous pesamment, la gueule ouverte, prête à charger.

– Il est trop gros, souffla-t-elle.

– Rien n'est trop gros, pour une tueuse. Abats cet ours, et je te formerai. Alors, un jour, tu prendras ma place.

– Et s'il me tue ?

L'animal était maintenant tout proche. Je souris :

– En ce cas, j'attendrai qu'il commence à te dévorer. Quand il sera bien occupé, je le tuerai.

Rien ne m'avait préparée à ce qui arriva. La gamine tremblait de peur, prête à s'enfuir à toutes jambes. C'était le but que je voulais atteindre : la guérir de cette folle volonté de devenir une tueuse.

Elle courut, en effet, mais pas dans la direction prévue. Poussant un cri de guerre, elle leva l'épée et fonça droit sur l'ours.

Le temps que je tire une autre lame, elle était à un doigt de la mort. Il est rare que je rate mon coup, et j'avais bien visé. Le poignard s'enfonça jusqu'à la garde dans l'œil gauche de l'animal. Il tituba et bascula en avant à l'instant où Thorne le frappait à la patte. L'ours mort s'abattit sur elle.

Elle eut de la chance de ne pas être tuée ou sérieusement blessée, écrasée sous une aussi lourde masse. Quand je la sortis de là, elle était couverte du sang de la bête, mais indemne. Une telle témérité chez un être aussi jeune m'impressionna. La gamine méritait de s'en tirer sans dommage.

– Je l'ai tué ! s'exclama-t-elle, triomphante. Maintenant, vous devrez me former.

Soulevant la tête de l'ours, je désignai le poignard fiché dans son œil :

– *Je* l'ai tué, rectifiai-je. Tu as failli lui servir de dîner. Mais chacun son tour. Cet ours s'est repu de chair humaine ; nous lui mangerons le cœur.

Aussitôt dit, aussitôt fait. Pendant que Thorne ramassait du bois, je prélevai sur la bête les morceaux dont j'avais besoin : le cœur et deux tendres quartiers de chair pris sur la cuisse. Bientôt, ils rôtissaient sur une broche improvisée. Quand ils furent à point, je coupai le cœur en deux et en tendis une moitié à la fillette.

– C'est bon, dit-elle. Je n'avais encore jamais goûté à la viande d'ours.

– Si tu te trouvais de nouveau face à l'un d'eux, il faut que tu saches deux ou trois choses. Ne le frappe jamais à la patte, ça ne servirait qu'à le rendre furieux. Et ne t'approche pas trop près. Un tel animal doit être tué de loin. Ils sont d'une force phénoménale : si un ours se saisit de toi, tu es morte. Il te démembrera ou te broiera le crâne d'un coup de dents.

Thorne mâchait sa viande, l'air songeur.

– Je m'en souviendrai lors de notre prochaine chasse à l'ours, dit-elle.

Ce « notre » présomptueux me fit sourire.

– Tu avais peur, petite. Pourtant, tu m'as obéi et tu as attaqué. Aussi, tu vas commencer ton apprentissage. Je t'accorde un mois pour faire tes preuves.

Ramassant l'épée neuve qu'elle avait utilisée pour frapper le fauve, je la lui tendis.

– Tiens ! Elle est à toi. Tu l'as gagnée. Ce sera ta première lame.

De ce jour, j'entrepris de former Thorne. Mais je le fis en secret, pour trois raisons. Premièrement, qu'un de mes ennemis l'apprenne, et la fille deviendrait une cible. Quiconque la capturerait aurait un moyen de pression sur moi.

Deuxièmement, je tenais jalousement à ma réputation ; je devais continuer à inspirer la peur par ma dureté et mon indépendance. C'est pourquoi je gravais l'image de mes ciseaux sur les arbres.

Troisièmement, celle qui succédait à la tueuse des Malkin avait toujours conquis son titre au combat. Je jugeais préférable qu'après ma mort cette tradition se poursuive et qu'on ne me soupçonne pas de vouloir imposer ma protégée pour me remplacer. Si Thorne devenait la prochaine tueuse, elle devrait obtenir cette position dans les règles. Je ne doutais pas qu'elle en fût capable.

Les mois s'écoulaient, et tout allait au mieux. La fillette se montrait aussi courageuse qu'obéissante, ce deuxième point étant des plus importants. J'avais toujours préféré travailler seule mais, avec une partenaire sous ma responsabilité, aucun caprice n'était tolérable.

Je me souviens de la première occasion où Thorne fit preuve de sa valeur, montrant quelle excellente tueuse elle deviendrait un jour.

Des sorcières d'eau résident à l'extrême nord du Comté. Hostiles envers le Conventus de Pendle, elles avaient tué quelque temps auparavant une Malkin qui traversait leur territoire. J'avais été dépêchée par mon clan pour en abattre trois en représailles.

Thorne ne prit pas part au combat contre les créatures aquatiques. Elle était là pour observer et apprendre. Après avoir fait trois victimes, comme prévu, je choisis une clairière dans la forêt. J'y plantai leurs têtes sur un piquet et gravai l'image de mes ciseaux sur les arbres environnants. Il n'y aurait ainsi aucune ambiguïté : ce n'était pas une simple vengeance mais un avertissement.

Rétrospectivement, je reconnais que j'aurais dû repartir sans attendre à Pendle. Au lieu de quoi, Thorne et moi avons passé une journée sur les rives du lac, appelé lac de Coniston. Ce furent des heures d'entraînement fructueuses, et je poussai mon apprentie au bout de ses possibilités. Le soleil venait de disparaître derrière les arbres quand nous passâmes à la lutte au couteau. Je lui enseignai à rester calme et à contrôler sa colère. Elle tenait les lames, je me servais de mes mains.

– Blesse-moi ! criai-je en la giflant et en reculant aussitôt hors de portée.

Thorne fondit sur moi, ses deux couteaux levés, une expression de fureur sur le visage. Je trompai sa garde et la giflai plus fort encore à deux reprises.

Les joues lui cuisaient au point qu'elle en eut les larmes aux yeux.

– Du calme, petite ! raillai-je. Réfléchis ! Concentre-toi ! Et blesse-moi !

Elle me manqua de nouveau, et reçut une troisième gifle. Nous étions au bord de l'eau, le crépuscule tombait. Des serpents de brouillard ondulaient à la surface du lac.

Thorne inspira profondément, son visage se détendit. Cette fois, elle feinta, et sa première lame siffla si près de mon épaule que j'en sentis le souffle sur ma peau. Avec un sourire approbateur, je reculai pour éviter le coup suivant. Je n'étais qu'à quelques pouces de la rive, et le lac était profond.

L'attaque nous prit par surprise. Je me tenais dos au rivage, Thorne fut donc la première à remarquer ce qui se passait. Lisant l'effroi dans son regard, je me retournai juste à temps pour voir l'image même de la mort se jeter sur moi.

À part ses bras et ses longs doigts terminés par des griffes tranchantes, la bête tenait plus du poisson que de l'humain : une face de cauchemar, de petits yeux froids, une gueule emplie de dents effilées et un long corps d'anguille doté d'un mince aileron.

Je n'eus pas le temps de m'écarter. La bête jaillit hors de l'eau, se dressa sur sa queue, me saisit par les épaules et m'entraîna. Lorsque ma tête s'enfonça sous la surface, je me rappelai que je n'avais pas d'arme. Préférant lutter contre Thorne à mains nues, je m'étais débarrassée de mes harnais de cuir; mes fourreaux et mes couteaux étaient alignés sur l'herbe, à bonne distance de la rive.

Je ne m'estimai pas battue pour autant. D'un coup d'ongle, j'arrachai l'œil droit du monstre. Puis je lui mordis les doigts jusqu'à l'os. Néanmoins, il était plus fort que moi et me tirait vers les profondeurs vaseuses. N'ayant pas pu prendre une bonne inspiration avant de couler, j'étais en très mauvaise posture.

Je distinguai alors une silhouette à mes côtés et sentis qu'on pressait contre ma main le manche d'un couteau. J'en fis aussitôt usage, avec succès. Et je n'étais plus seule. Thorne se battait près de moi. Ensemble, nous mîmes notre adversaire en pièces.

À l'aube, nous en rassemblâmes les fragments sur la rive. Je n'avais encore jamais rien vu de semblable, mais c'était sans conteste les restes d'un semi-homme. Ils prennent parfois d'étranges formes, et celui-ci s'était adapté à la vie aquatique. Le Malin, ne pouvant s'approcher de moi, m'avait envoyé un de ses rejetons.

Ce jour-là, Thorne m'a sauvé la vie. Elle avait fait preuve d'un grand courage en me rejoignant ainsi sous l'eau. Pour la remercier, je fis bouillir les pouces de la créature et lui donnai les os. Ils formèrent les premières perles de son collier.

De retour à Pendle, j'entraînai régulièrement Thorne plusieurs fois par semaine et l'emmenai parfois avec moi lorsque je poursuivais ceux que mon clan avait condamnés à mort.

Je surveillais son développement, regardant la fillette volontaire se muer peu à peu en une tueuse potentielle, qui prendrait un jour ma place.

À cause de la guerre et de mon voyage en Irlande, je ne l'avais pas vue depuis six mois. Mais je savais qu'elle répondrait à mon appel.

Penchée sur mon miroir, je psalmodiai une incantation. Le visage de Thorne apparut presque aussitôt. L'enfant qui s'était jetée sur l'ours était loin. Elle avait de beaux yeux, d'un bleu de saphir, mais ses traits étaient ceux d'une guerrière : une grande bouche, un nez en lame de couteau, des cheveux noirs coupés court et, sur la joue gauche, la silhouette d'un ours. Un tatouage fait en souvenir du jour où j'avais accepté de la diriger.

Vous êtes blessée ! Qu'est-il arrivé ? articula-t-elle en montrant ses dents.

Je lui avais interdit de se les limer en pointe avant que sa formation soit achevée, aussi, ses rares sourires n'étaient pas encore terrifiants.

Je lui parlai du kretch et du poison, mais surtout de ce que je transportais dans mon sac, car c'était la tête coupée du Malin qui m'inquiétait le plus. Sans cela, je n'aurais jamais entraîné Thorne dans une aventure aussi dangereuse.

– Cette tête ne doit en aucun cas tomber aux mains des serviteurs du Malin, insistai-je. Si je meurs, tu te chargeras de ce fardeau.

Bien sûr. Mais vous ne mourrez pas. Où êtes-vous ?

– Au sud-ouest de Pendle, à environ cinq miles du pied de la colline.

Alors, tenez bon ! Je vous rejoins très vite. À quelle distance est le kretch ?

– C'est difficile à estimer. Nous avons tout au plus quelques heures de répit.

Continuez d'avancer. Rappelez-vous ce que vous m'avez dit un jour : « Le combat ne fait que commencer. »

Sur ces mots, le miroir s'assombrit, et Thorne disparut. Luttant contre la douleur, je me remis sur mes pieds et repartis, chancelante, le souffle rauque. Je ne progressais qu'avec lenteur. Il me semblait entendre, entre les arbres, derrière moi, les pas du kretch qui se rapprochait, qui s'apprêtait à bondir. Mais, quand je me retournais pour lui faire face, il n'y avait rien. Dans mon dernier souvenir, je suis étendue sur le sol, et la pluie me mouille le visage.

Je rouvris les yeux, prise de panique. Où était le sac de cuir ? Je le cherchai à tâtons sans le trouver.

– C'est moi qui l'ai, dit une voix familière. Il est en sécurité.

Thorne, agenouillée près de moi, m'observait d'un air inquiet. Je tentai de m'asseoir ; elle m'obligea doucement à me rallonger.

– Reposez-vous ! Laissez la potion faire son effet. Je suis passée voir Agnès en chemin. Ce n'est pas un remède ; ça vous donnera seulement un peu de temps. Vous avez recraché la première gorgée ; j'ai tout de même réussi à vous en verser la plus grande partie dans le gosier.

– Et le kretch ? demandai-je.

Thorne secoua la tête.

– Je ne sens pas son approche.

– Si nous gagnons Pendle, nous serons à l'abri un moment. Les sorcières qui ont conçu cette créature viennent du sud-ouest du Comté. Elles n'oseront pas s'aventurer sur notre territoire.

– Espérons-le, dit Thorne. Mais les clans sont divisés. Certains les laisseront peut-être entrer. Maintenant, essayez de vous relever.

Avec son aide, je me remis sur mes pieds. Je flageolai, et elle dut me soutenir. Bien qu'elle n'eût que quinze ans, elle était déjà presque de ma taille et présentait toutes les caractéristiques d'une tueuse. Elle avait comme moi des lanières de cuir entrecroisées autour de sa poitrine, où pendaient les fourreaux qui contenaient ses armes.

— Je ne suis pas assez forte pour faire le trajet, soupirai-je. Laisse-moi ici et prends le sac. C'est tout ce qui compte.

— Nous voyagerons ensemble, rétorqua-t-elle avec fermeté. Vous vous rappelez comment vous m'avez portée ?

— Le jour de la chasse à l'ours ? Oui. J'y pensais tout à l'heure.

— Eh bien, c'est à mon tour de vous porter.

Là-dessus, Thorne me balança sur son épaule et, le sac de cuir dans une main, partit au trot. Elle se dirigeait vers le cottage d'Agnès Sowerbutts, dans les faubourgs de Roughlee.

Je trouvais plus qu'étrange d'être transportée ainsi. J'étais en conflit avec moi-même. D'un côté, je maudissais ma faiblesse et j'en voulais à Thorne de me traiter de cette façon. De l'autre, j'étais emplie de gratitude envers elle et consciente que les talents de guérisseuse d'Agnès me donneraient une chance de survivre.

Au bout d'un moment, les pulsations lancinantes me brûlèrent de nouveau les poumons. À mesure que les effets de la potion se dissipaient, la douleur augmentait jusqu'à me couper la respiration ; pour la deuxième fois, je perdis connaissance.

Je repris conscience en entendant le cri sinistre d'un vautour, tout proche, suivi d'un silence et d'un changement de température. Je n'étais plus ballottée tel un paquet, j'étais à l'abri de la pluie, allongée sur un lit, et quelqu'un était penché sur moi. Le visage inquiet d'Agnès Sowerbutts se dessina peu à peu.

On me souleva la tête, et ma bouche s'emplit d'un liquide infâme. Dès la première gorgée, je faillis vomir. Je réussis à me contrôler pour ne pas recracher le reste. Agnès tentait de me soigner. Elle représentait mon seul espoir de survie. Je m'obligeai donc à avaler encore et encore. Bientôt, une curieuse chaleur se répandit de mon ventre jusqu'au bout de mes doigts et de mes pieds. Je me sentais bien. Je m'endormis.

Quand je m'éveillai, tout le corps me faisait mal. Chaque respiration me déchirait la poitrine comme un coup de poignard. Des élancements douloureux parcouraient mes membres, qui me semblaient aussi lourds que du plomb. L'effet de la potion n'avait guère duré. J'ouvris les yeux. Autour de moi, tout était noir. Étais-je devenue aveugle ?

Puis j'entendis la voix d'Agnès :

— Ce poison est trop virulent. Elle va mourir. Je suis désolée, je ne peux rien faire de plus.

5

La tour Malkin

La magie du sang, des ossements ou des compagnons familiers
suffit à la plupart des sorcières.
Néanmoins, les pratiques traditionnelles ne sont pas
les seules voies du pouvoir.
Je n'ai rien contre la tradition, mais j'ai l'esprit ouvert
et je sais m'adapter.
Je suis Grimalkin.

– Je vous en prie, essayez encore, supplia Thorne. Elle lutte, elle est forte. Grimalkin mérite qu'on lui donne une chance.

J'eus beau m'efforcer de rester éveillée, je perdis de nouveau conscience, sombrant dans un profond sommeil tel que je n'en avais jamais connu.

Était-ce la mort ? En ce cas, Thorne serait seule. Combien de temps saurait-elle tenir la tête hors de portée des serviteurs du Malin ? Je lui avais un peu parlé de mon association avec Alice Deane, Tom Ward et John Gregory. Comprendrait-elle qu'elle devrait entrer en relation avec eux et obtenir leur secours ?

Je tentai d'appeler Thorne pour lui donner mes instructions, mais j'étais incapable de parler, paralysée, condamnée à endurer des souffrances de plus en plus intenses.

Je n'acceptais pas d'être étendue là, à subir cette torture, tandis que la vie me quittait peu à peu. J'avais un moyen d'échapper à la douleur. Je pouvais me détacher de mon corps et flotter vers ma mort. Je possédais quelques talents dans l'art du chamanisme.

La plupart des sorcières de Pendle sont profondément conservatrices. Dès l'enfance, leur clan les teste afin de déterminer à quel type de magie noire elles sont aptes : celle du sang, celle des ossements ou celle du compagnon familier. Jamais elles n'envisagent une autre choix. Au contraire d'elles, je suis ouverte à toutes les possibilités, à toutes les nouveautés. Peut-être est-ce dû à ma vie de tueuse, qui m'a conduite à voyager, à découvrir d'autres cultures et d'autres façons d'utiliser l'obscur. C'est ainsi que j'ai rencontré une sorcière roumaine, qui vivait au nord-est du Comté et m'a enseigné les bases du chamanisme. Certes, il faut une vie entière pour en maîtriser tous les arcanes. Je n'avais que quelques mois à consacrer à cet apprentissage. Je me concentrai donc sur un seul aspect : l'art de faire sortir l'âme de son corps.

Une telle pratique n'est pas sans danger. Un mage qui avait projeté son esprit dans l'obscur fut dévoré par un démon. On risque aussi de ne pas retrouver le chemin de son corps. C'est pourquoi je n'y ai eu recours que rarement et avec les plus grandes précautions.

Mais, à présent, quelle importance ? J'étais mourante. Les brumes des Limbes se refermeraient bientôt sur moi, que je quitte mon corps ou pas. Au moins, je retrouverais la vue, d'une autre façon.

Le procédé implique habituellement la formulation de mots clés, prononcés sur un certain rythme. Le plus important reste cependant la *volonté* de s'évader.

J'avais perdu le contrôle de mes mouvements au point de ne même plus pouvoir remuer les lèvres. Néanmoins, ma volonté, soutenue par mon désespoir, se révéla suffisante. Quelques minutes plus tard, je flottais à quelques pieds au-dessus du lit où gisait mon corps. Thorne était assise sur une chaise, la tête dans les mains, le sac de cuir à sa portée. La flamme d'une chandelle vacillait sur une petite table à côté d'elle.

Je regardai mon visage tiré, ma bouche ouverte aspirant l'air à petits coups rapides. Ce n'était pas ainsi que j'avais imaginé ma fin. Grimalkin n'était pas destinée à mourir au chaud dans un lit. Elle aurait dû connaître une mort de guerrière. Puis, à la réflexion, je compris que tel était le cas. Le kretch m'avait tuée. L'instant où sa griffe m'avait égratignée avait signé ma défaite, le début de mon agonie.

Toujours flottant, je passai à travers la porte de la chambre. Je n'étais qu'un léger globe lumineux, invisible aux yeux non exercés. Seuls les plus puissants des épouvanteurs et des sorcières auraient pu m'apercevoir, et seulement dans un endroit très sombre. La lumière d'une simple chandelle me rendait indétectable.

Mais moi, je voyais clairement, même dans le noir, même si je ne percevais qu'une seule couleur. Tout baignait dans une ombre verdâtre où luisait l'énergie vitale qui émanait des êtres vivants. La pièce principale du cottage était comme dans mon souvenir : confortable, propre quoique en désordre. Le long des murs s'alignaient des étagères chargées de livres et de bocaux contenant des onguents, des herbes et des racines séchées. Avant tout, Agnès était guérisseuse.

Assise près de l'âtre, sur un tabouret, elle lisait. Je m'approchai pour déchiffrer le titre de l'ouvrage : *Les poisons mortels et leurs antidotes*.

Elle avait donc écouté les supplications de Thorne, elle n'avait pas abandonné tout espoir. Que le kretch ait été spécialement conçu pour me tuer ne signifiait pas que mes ennemis avaient concocté un poison *nouveau*. L'élaboration de cette créature avait dû épuiser une grande partie de leurs forces. Ils l'avaient dotée de nombreuses armes, et le poison n'en était qu'une. Sans doute avaient-ils simplement sélectionné l'un des plus virulents. Si Agnès découvrait lequel, j'avais encore une chance.

Je traversai aisément la porte du cottage. La colline de Pendle élevait devant moi sa masse impressionnante. Je pris de la vitesse. Je pouvais expirer d'un instant à l'autre, et il me restait une chose à faire qui, si je guérissais, m'aiderait à conserver en sûreté la tête du Malin.

Je volai vers le bois des Corbeaux et frôlai bientôt la cime des arbres, invisible aux yeux des noirs charognards qui nichaient dans le feuillage épais. J'avais décidé de me rendre à la tour Malkin pour évaluer la situation et savoir où résidaient exactement les deux lamias.

Une demi-lune verdâtre répandait sa clarté maladive sur la tour. C'était une forteresse sinistre aux remparts hérissés de créneaux, entourée de douves et fermée par une porte massive bardée de fer. Elle avait été le repaire du clan Malkin jusqu'à ce que les deux féroces lamias en fassent leur résidence. Avant l'occupation ennemie, le Conventus m'avait demandé de tuer les intruses et de leur reprendre la tour. J'avais refusé, prétextant que les lamias étaient trop puissantes et qu'une telle tentative me vaudrait une mort certaine.

L'une des sorcières avait ricané :

– Je n'avais jamais pensé qu'un jour Grimalkin estimerait un adversaire trop puissant pour elle !

Je lui avais fait payer cette remarque en lui brisant un bras. Puis j'avais fixé les autres du regard. Elles avaient baissé les yeux. Elles avaient peur de moi.

Mais j'avais menti. Bien armée et bien préparée, je me sentais capable de vaincre les lamias, surtout si j'élaborais une tactique pour les affronter l'une après l'autre, à l'endroit et au moment que j'aurais choisis. Toutefois, pour l'instant, qu'elles occupent la tour servait mes desseins. Car à l'intérieur se trouvaient des malles appartenant à mon allié, Thomas Ward. L'une d'elles contenait des livres et des objets qui lui venaient de sa mère et pourraient nous aider dans notre combat contre le Malin et ses sbires. Gardées par les lamias, les malles étaient en sécurité.

Si j'étais venue en chair et en os, je me serais introduite en empruntant le tunnel qui mène aux cachots, dans les souterrains de la tour. Affronter une lamia hostile dans un espace confiné aurait tourné à mon avantage. Les deux lamias pouvaient voler, et il aurait été imprudent de les combattre à l'extérieur.

Après que le Conventus avait achevé le rituel d'évocation du Malin, j'avais pris part à une bataille au sommet de la colline de Pendle. La racaille du village de Downham nous avait attaquées. Nous l'aurions facilement repoussée sans l'intervention des lamias. Or, malgré la précision de mes tirs, impossible de les faire reculer ! Mes couteaux rebondissaient sur leurs écailles, qui leur assurent une protection aussi efficace que la plus solide des armures. Beaucoup de sorcières sont mortes, cette nuit-là.

Alors que j'approchais des douves, je ressentis une secousse, comme si j'étais tirée en arrière. Je ne m'étais jamais éloignée à ce point de mon corps. Que le fil invisible qui me reliait à lui vienne à se rompre, et c'en était fini de moi. J'avais toujours gardé cette crainte à l'esprit. Certains chamans s'égarent sur le chemin du retour et meurent parce qu'ils sont allés trop loin ; le fil a cassé... Mais à présent, quelle importance ? J'étais au seuil de la mort.

À moins qu'Agnès ne découvre un remède, le temps m'était compté.

Je franchis les douves et traversai l'épais mur de pierre de la tour. Je trouvai les quartiers d'habitation dans l'état de désordre où les soldats les avaient laissés après avoir creusé une brèche dans la muraille à coups de canon.

Mon clan avait fui par le tunnel, abandonnant un repas entamé. Depuis, la brèche avait été rebouchée pendant la brève occupation des lieux par les Mouldheel, avant qu'ils ne soient chassés à leur tour par les lamias. Le sol était couvert d'immondices. Dans le cellier adjacent, des sacs de pommes de terre et de carottes pourrissaient. Par chance, mon esprit n'était pas doué d'odorat. Des toiles d'araignées constellées de mouches desséchées pendaient dans tous les coins. Des cafards et des scarabées galopaient sur les dalles.

Et là, au milieu des ordures, trônait la grande malle qui avait appartenu à la mère de Tom. Personne n'y avait touché. Plus curieux encore : elle avait été épargnée par les toiles d'araignées et même par la poussière. Juste à côté s'élevait une pile de livres. Qui les avait sortis ? Et qui les avait lus ?

Sachant que les possessions de sa mère étaient gardées par les lamias, Tom Ward n'avait pas verrouillé la serrure du coffre. Or, quelqu'un s'était introduit ici et avait fouillé dedans. La colère me prit. Où étaient les deux lamias ? Comment une chose pareille avait-elle pu arriver ?

Je flottai jusqu'en haut des escaliers et surgis sur le chemin de ronde, où étaient restées les deux autres malles, celles qui avaient contenu les corps endormis des lamias. Abandonnées aux intempéries, elles étaient envahies de mousse. Tout baignant dans une lueur verdâtre, je n'aurais su dire si le bois des coffres était pourri ou non.

Je promenai mon regard sur la campagne environnante. La tour était encerclée par les arbres du bois des Corbeaux. Les alentours étaient calmes et silencieux. Puis, soudain, je perçus un appel lointain. On aurait dit le cri d'un rapace en plus grave, comme sorti du gosier d'une créature de grande taille. Une silhouette noire se détacha alors contre la face verte de la lune. Une des lamias était de retour.

Elle piqua vers moi : quatre ailes couvertes de plumes, un corps aux écailles sombres, des serres refermées sur une chose inerte. Elle décrivit deux cercles au-dessus de la tour avant de laisser tomber sa proie non loin de l'endroit où je planais. Il y eut un choc sourd, et du sang éclaboussa les dalles : celui d'un mouton mort. Cette lamia revenait de la chasse. Mais où était sa sœur ?

La créature piqua de nouveau, et je cherchai mes poignards d'un geste instinctif avant de me rappeler mon état. En vérité, même revêtue de mon enveloppe charnelle, je n'aurais pas été au bon endroit pour combattre une telle adversaire.

Elle atterrit sur l'un des coffres, ses serres refermées sur le bois, qui, visiblement, n'avait pas pourri. C'était sans conteste un être formidable et difficile à vaincre, qu'elle pût voler ou non. Elle était plus grande que moi : debout, elle devait atteindre neuf ou dix pieds de haut. Ses pattes arrière griffues semblaient assez musclées pour transporter une vache. Ses bras, en revanche, étaient presque humains, avec des mains délicates capables de manier une arme, terminées par des griffes à peine plus longues que des ongles de femme, mais assez acérées pour vous lacérer le visage ou vous ouvrir le cou.

La lamia me fixa, et je compris soudain qu'elle me voyait. Il faisait nuit, mais la lune répandait sans doute assez de clarté pour me rendre visible. Ou bien la créature avait un regard particulièrement perçant, ou bien elle utilisait une puissante magie noire. Elle ouvrit la bouche, révélant ses crocs pointus, et me parla d'une voix éraillée :

– Qui es-tu, sorcière ? Que viens-tu faire ici ?

J'étais incapable de répondre. J'ignorais s'il existait un moyen de communiquer, pour une âme sortie de son corps ; mes connaissances chamaniques étaient trop limitées. Et qu'une lamia sauvage puisse s'exprimer me stupéfiait. Cela signifiait qu'elle prenait peu à peu sa forme « domestique », presque humaine. Lorsque cette métamorphose serait achevée, seule une ligne d'écailles jaunes et vertes le long de la colonne vertébrale révélerait sa véritable nature.

– Ma sœur, je crois qu'une espionne s'est introduite ici. Renvoie-la !

La lamia sauvage inclina la tête, et ses yeux aux paupières lourdes se tournèrent vers la porte. Je suivis son regard. Une femme se tenait là, qui m'observait. L'ayant examinée plus attentivement, je vis qu'elle était plus proche de la bête. Bien qu'arrivée au stade où elle était dotée de bras et de mains et capable de se tenir debout, elle restait monstrueuse ; sa transformation était loin d'être achevée. Elle haletait tel un prédateur sur le point de bondir, et ses membres de devant, trop longs, pendaient bien au-dessous de ses genoux. Sa face était sauvage, mais ses yeux brillaient d'intelligence, et ses hautes pommettes annonçaient un début de beauté.

Elle prononça un seul mot : *Avaunt!*, le jetant sur moi telle une lame. C'était un terme d'Ancien Langage, un sort, qu'on pourrait traduire par « Sois partie ! » Elle me chassait et, sous ma forme d'esprit, j'étais incapable de lui résister.

Le fil invisible qui me reliait à mon corps se tendit, et je fus emportée loin de la muraille. Non sans avoir eu le temps de remarquer autre chose : la deuxième lamia tenait dans sa main gauche un livre relié de cuir. L'avait-elle pris dans la malle de la mère de Tom ?

Déjà, j'étais ramenée sous les arbres du bois des Corbeaux. Tout devint flou ; j'entendis un bruit sourd et je fus de retour dans mon corps. La douleur, aussitôt, se réveilla. J'essayai d'ouvrir les yeux ; mes paupières étaient trop lourdes. Le même bruit sourd se reproduisit. Je compris alors qu'il venait de mon cœur. C'était un lent, lent battement, au bord de s'arrêter, peinant à entraîner le sang dans mes veines d'agonisante. Ma vie de tueuse s'achevait. Mais j'avais bien formé Thorne. Il y aurait quelqu'un pour prendre ma place.

Je sombrai dans une profondeur obscure, acceptant la mort. Tout était fini, je ne pouvais rien faire de plus.

6

Une lamia-gibet

La tour Malkin était la noire demeure de notre clan.
Beaucoup déplorent sa perte ; pas moi.
Car chacun des lieux où je combats est mon foyer.
Et mes armes trouvent leur logis
dans le cœur de mes ennemis.

Or, l'heure de ma mort n'avait pas encore sonné. Quand je repris conscience, Agnès baignait mon front.

Elle me sourit et m'aida à me redresser, plaçant des oreillers derrière mon dos.

– Je sors d'un sommeil très profond, dis-je.

– Oui, un coma qui a duré presque trois jours.

– Je suis guérie ?

Je me sentais faible, la tête me tournait, mais la fièvre avait disparu, et je respirais normalement. J'avais les idées claires, l'esprit alerte.

Le sourire d'Agnès s'effaça.

– Je ne suis pas sûre que « guérie » soit le mot qui convienne. Après beaucoup de tentatives et d'erreurs, j'ai trouvé un antidote qui t'a sauvée de la mort. Te remettras-tu totalement ? J'en doute.

– Que veux-tu dire ? demandai-je avec colère.

Aussitôt consciente de l'agressivité qui vibrait dans ma voix, j'ajoutai :

– Pardonne-moi ! Merci de m'avoir rendue à la vie !

Agnès accepta mes excuses d'un hochement de tête avant de reprendre :

– J'ai fait de mon mieux. Toutefois, même sorti de l'organisme, le poison laisse des séquelles. Une faiblesse permanente, par exemple. Une affection des poumons, du cœur ou d'un autre organe. Parfois, les dommages sont irréversibles. Des périodes de bonne santé et de maladie se succèdent.

Je pris une profonde inspiration, tâchant d'assimiler ce qu'Agnès me révélait. Les implications étaient évidentes. Mon titre de tueuse reposait sur ma force et ma forme physique. Sans elles, je serais vulnérable à des attaques qui jusqu'alors ne m'auraient pas inquiétée.

– Tu penses que mon infirmité est définitive ?

Agnès soupira. Je devinai qu'elle choisissait ses mots avec soin :

– C'est probable. Je n'ai jamais vu quelqu'un ayant souffert d'un empoisonnement aussi violent se remettre complètement.

Voilà qui était clair.

– Merci de ta franchise, dis-je. J'espère donc être la première à m'en sortir. Je ferai tout pour être de nouveau celle que j'étais. À présent, dis-moi : où est Thorne ? Et la tête ?

– La tête est en lieu sûr. Thorne dort dans sa chambre, sa main gauche agrippée au sac, comme d'ordinaire. Mais le danger rôde au-delà de ces quatre murs. Rester ici plus longtemps serait imprudent. Les sorcières qui contrôlent le kretch ont demandé l'autorisation de pénétrer dans Pendle. Elle leur a été refusée. Pourtant, certaines, ici, ont offert leur aide ; il y a eu des escarmouches entre des groupes rivaux. Une bataille est imminente. Si les adversaires du Malin la perdent, le kretch pénétrera sur notre terri-toire pour te prendre en chasse.

– Alors, mieux vaut que je parte le plus tôt possible.

– Où iras-tu ?

– À la tour Malkin, où le kretch lui-même ne pourra pas m'atteindre. Une fois derrière les murailles, la tête du Malin sera hors d'atteinte de nos ennemis.

– Et les gardiennes ?

– Nous les affronterons s'il le faut.

– Tu emmènes Thorne avec toi ?

– Oui. Elle n'est encore qu'une gamine, et je n'aime pas l'idée de la mettre en danger. Mais je n'ai pas le choix. Le plus important, c'est le sac et son contenu. D'ailleurs, les lamias me laisseront peut-être entrer. Après tout, je suis leur alliée.

– Elles ne s'en laisseront pas convaincre si facilement. Les lamias sauvages ont une façon de penser qui ne correspond pas toujours à notre logique.

– La situation a changé. L'une d'elles est devenue presque humaine. L'autre, bien qu'encore capable de voler, a désormais l'usage de la parole. Toutes les deux sont en train de prendre leur forme domestique.

– Comment le sais-tu ? s'étonna Agnès. J'ai vu une lamia planer au-dessus de la tour et je n'ai pas réussi à percer ses défenses. Elle était entourée d'une puissante barrière magique.

Je ne fis aucun commentaire. Une sorcière n'aime pas en dire plus qu'il n'est nécessaire. Agnès pouvait le comprendre, elle avait elle aussi ses secrets.

Je balançai mes jambes hors du lit et me levai, soutenue par la guérisseuse. Bien que chancelante, je pus gagner sans aide la pièce de devant. Je m'installai près du feu, sur un tabouret, tandis que mon hôtesse réchauffait un bouillon. Quelques minutes plus tard, Thorne sortit de sa chambre, le sac à la main. Sa bouche s'arrondit de surprise, puis elle sourit et vint s'installer par terre, à mes pieds.

– Ça fait plaisir de vous voir remise, dit-elle.

– Je tiens à peine debout. J'ai tout juste la force de rester assise sur ce siège. Mais, oui, la mort devra repasser.

– Tu te sentiras mieux quand tu auras avalé ça, déclara Agnès en me tendant un bol. Tu devras tout de même te reposer encore une journée ici avant de voyager.

J'acquiesçai. Elle avait raison. Malgré ma hâte de gagner le sanctuaire de la tour Malkin, c'eût été folie de le tenter dans l'état où j'étais.

La nuit suivante, après avoir de nouveau remercié Agnès, nous prîmes congé, et j'ouvris la marche vers la forteresse. Nous allions lentement tant j'étais affaiblie. Du moins ma respiration était normale et la douleur avait disparu.

Le village de Roughlee fut bientôt derrière nous, et nous apercevions au loin le bois des Corbeaux. Toutefois, tel n'était pas notre but. Nous nous dirigions vers l'entrée du tunnel menant aux cachots souterrains de la tour. Utilisé autrefois par les seuls membres du clan, il était maintenant connu de tous, à Pendle. Mais la présence des lamias tenait à distance jusqu'aux sorcières les plus hardies. Nous traversâmes les bosquets entourant ce qui avait été autrefois un cimetière. Les pierres tombales penchaient, formant des angles bizarres, et le sol était traître, parsemé de trous cachés sous les plantes rampantes. Ces tombes, dont les corps avaient été enlevés, étaient aujourd'hui désacralisées.

Devant nous, baignée par la pâle clarté de la lune, se dressaient les ruines d'un sépulcre. Un jeune sycomore qui avait poussé à travers le toit abritait l'unique porte sous ses branches. Je tirai de ma poche un bout de chandelle en cire noire et marmonnai un sort. La mèche s'enflamma. Thorne fit de même. Je pénétrai la première dans la chambre funéraire, écartant de la main un épais rideau de toiles d'araignées. Des ossements étaient éparpillés sur les dalles, délogés par de précédents visiteurs. Le long des murs, six alcôves de pierre abritaient les membres d'une riche famille locale, ou du moins ce qu'il en restait. Ils partageaient désormais les pompes et les fastes de la mort.

Je rampai dans l'alcôve la plus basse, au fond de laquelle courait une étroite fissure, et me glissai dans le tunnel. Il y régnait une odeur de moisissure et de terre mouillée, et le plafond bas m'obligeait à progresser à quatre pattes. Je lançai un regard derrière moi ; Thorne me sourit. Elle désirait depuis longtemps explorer cette galerie et pénétrer dans la tour. Son vœu était exaucé. J'espérais seulement qu'elle ne le paierait pas trop cher. Nous progressâmes lentement durant de longues minutes. J'avançais avec difficulté, car il me fallait pousser devant moi le lourd sac de cuir tout en veillant à garder la chandelle allumée. Nous émergeâmes enfin dans une salle aux murs de terre. À l'autre bout s'ouvrait le second tunnel, plus large et étayé par des poutres.

— Je pourrais passer la première et porter le sac, proposa Thorne.

— Passe la première si tu veux, dis-je. Mais c'est à moi de me charger du sac.

Elle renifla l'entrée. Puis, avec un bref hochement de tête, elle s'engagea dans le souterrain. Je la suivis sans hésitation. Je faisais confiance à son jugement, d'autant qu'à présent elle était certainement la plus forte de nous deux et la plus apte à flairer le danger.

Nous arrivâmes bientôt au bord d'une étendue d'eau stagnante, couleur de vase. Ici avait autrefois habité un être de l'obscur, un antrige. Le Conventus des Malkin l'avait créé pour garder le passage, en emprisonnant l'âme d'un marin mort dans son cadavre. Un antrige est généralement aveugle, ses yeux ayant été mangés par les poissons. Il se tient caché sous la surface et, à l'approche d'un intrus, attrape sa victime par la cheville pour l'entraîner au fond de l'eau et la noyer. C'est une créature redoutable, mais celle-ci avait été mise en pièces par une des lamias. Il n'en restait qu'un vague relent de pourriture et de mort.

Empruntant l'étroit sentier fangeux qui longeait la rive, nous nous enfonçâmes dans le tunnel. Rien, pour le moment, ne laissait soupçonner un danger, même si les lamias pouvaient fort bien être à l'affût quelque part. J'aurais pu utiliser mon collier d'os pour m'en assurer ; je ne le fis pas. Je préférais conserver mes dernières réserves de magie.

Nous atteignîmes une porte en bois massive, encastrée dans un mur de pierre, qui pendait sur ses gonds. C'était l'entrée des cachots. Au temps où le fort appartenait aux Malkin, cette porte était verrouillée.

Après un reniflement prudent, Thorne franchit le seuil. Nous pénétrâmes dans un corridor sombre et humide flanqué de chaque côté d'une rangée de cellules. De l'eau gouttait du plafond, et nos pas clapotaient sur les dalles mouillées. Toutes les portes étaient ouvertes, il n'y avait plus là aucun prisonnier vivant. La lumière vacillante de nos chandelles éclairait des ossements humains, des squelettes vêtus de haillons, encore menottés aux murs. La plupart étaient incomplets, dévorés par les hordes de rats familières de ces lieux. En revanche, on ne voyait pas trace de ces bestioles, et nous comprîmes bientôt pourquoi.

Nous atteignîmes une vaste pièce circulaire, haute de plafond. Des marches de pierre s'élevaient le long du mur jusqu'à un trou béant aux bords déchiquetés. Il y avait eu là une trappe, qui donnait accès à l'étage supérieur. Les lamias avaient élargi l'ouverture pour y passer plus aisément. Cinq épaisses colonnes soutenaient la voûte, chacune d'elles équipée de chaînes et d'anneaux. C'est dans cette salle que les prisonniers étaient torturés.

Le pilier le plus éloigné était différent. Une table couverte de pinces, de couteaux et d'autres instruments se dressait à côté. À ses pieds était posé un large baquet dans lequel tombait du sang. Au-dessus pendaient treize chaînes ; à chacune d'elles, une bête était accrochée. Il y avait des rats, des lièvres, un blaireau dodu, une crécerelle et un chat noir et blanc. La plupart étaient morts, asséchés depuis longtemps. Seuls deux gros rats gris aux longues moustaches remuaient encore, tout en se vidant goutte à goutte.

Thorne écarquilla les yeux.

— Pourquoi les lamias font-elles ça ?

— C'est l'œuvre d'une lamia-gibet. On ne connaît pas la raison de cette coutume. Une manière d'avertissement, peut-être ? Il doit y avoir une autre explication. La quantité de sang accumulée dans le baquet n'est sûrement pas négligeable ; pourtant, les lamias chassent et tuent des proies bien plus grosses, des moutons par exemple. Peut-être apprécient-elles le goût de plus petites créatures ? Certaines sorcières de Pendle préfèrent le sang des rats à celui des humains. Mais, en ce cas, pourquoi treize chaînes ? Un rituel, une magie spécifique aux lamias ?

Tandis que nous contemplions ce spectacle macabre, nous sentîmes l'une et l'autre l'approche du danger. Nous levâmes les yeux vers le trou du plafond. Un reniflement me suffit.

– Une lamia, soufflai-je. La lamia ailée !

Une seconde plus tard, une masse sombre plongeait sur nous, les ailes plaquées au corps, tel un faucon piquant vers sa proie.

7

La promesse

Pourquoi tuer le faible quand tu peux combattre le fort ?
Pourquoi mentir quand tu peux dire la vérité ?
Une tueuse doit vivre dans l'honneur
et toujours tenir parole.

Au dernier moment, la lamia déploya ses ailes et décrivit des cercles dans la salle. Puis elle piqua de nouveau sur nous.

Thorne brandit une dague.

– Ne fais pas l'idiote, criai-je.

L'attrapant par le bras, je l'entraînai vers l'étroit tunnel. Nous y serions mieux que dans ce lieu trop vaste où la lamia pouvait nous tomber dessus.

Je n'avais pas oublié comment mes lames avaient rebondi sur ses écailles pendant la bataille de Pendle.

Nous nous réfugiâmes donc dans la galerie. La lamia atterrit au centre de la salle et courut vers nous à quatre pattes. Cette sorte de lamia ailée, aussi appelée *vangire*, est assez rare et extrêmement dangereuse. J'étais prête à la tuer si nécessaire, mais la négociation était préférable à la bataille.

Elle s'arrêta à moins de six pieds de nous et, dressée sur ses musculeuses jambes arrière, tendit ses longs bras d'un geste menaçant. Je savais à quelle vitesse ces créatures sont capables de se déplacer. Elle pouvait être sur nous en une seconde. Je déposai le sac, me plaçai devant Thorne et tirai ma longue épée.

Or, au lieu d'attaquer, la lamia m'interrogea :

– Qui es-tu, sorcière ? Tu es bien hardie de pénétrer dans notre domaine pour la deuxième fois !

Thorne me jeta un regard ahuri. Je ne lui avais rien dit de ma précédente visite à la tour sous forme d'esprit.

– Je suis Grimalkin, la tueuse de mon clan, qui fut le premier propriétaire de ces lieux. Je viens en paix. Je suis l'alliée de Thomas Ward, et du même coup la vôtre. Nous combattons le Malin, notre ennemi commun.

– Et quelle est cette enfant qui tremble derrière toi ?

Thorne s'avança, sa lame pointée vers la lamia.

– Mon nom est Thorne, et je sers Grimalkin. Sa volonté est la mienne. Ses ennemis sont mes ennemis, ses alliés mes alliés. Je n'ai peur de rien et ne tremble devant personne.

– Tu parles hardiment, petite. Mais ton seul courage ne te protégera pas de mes crocs et de mes griffes.

– Tu ne nous menacerais pas si tu savais qui est Grimalkin, aboya la jeune fille. Elle est la plus grande tueuse que les Malkin aient jamais eue. Aucun membre de son clan ne s'aviserait de la défier. Des gens sont morts de peur dans leur lit après avoir appris qu'elle les pourchassait.

– Je connais son effroyable réputation, reprit la lamia. Mais j'ai vécu plusieurs siècles, et le récit de mes exploits épuiserait cent ménestrels. Qu'est-ce qui vous amène dans cette tour ?

– Nous souhaitons y trouver refuge un moment, expliquai-je. Nous sommes poursuivies. Nous ne craignons pas pour nos vies ; notre grande peur est que ceci tombe entre de mauvaises mains.

Ce disant, j'élevai le sac.

– Nous transportons la tête coupée du Malin. J'ai enterré son corps, cloué à la roche, dans une fosse loin d'ici, de l'autre côté de la mer. Nos ennemis veulent réunir ses deux parties et restaurer ses forces.

Tom Ward cherche un moyen de le détruire ; pour cela, il a besoin de temps. Cette tête doit rester en sûreté.

La lamia ferma les yeux, comme plongée dans une profonde réflexion. Puis, avec un lent signe d'acquiescement, elle désigna d'un doigt griffu l'ouverture du plafond.

– C'est peut-être une ruse, me chuchota Thorne. Elle veut peut-être nous attirer dans la salle pour nous attaquer.

– Oui, dis-je, mais c'est un risque à courir.

Le sac à la main, je levai ma chandelle, passai entre les piliers les plus proches et m'engageai dans l'escalier en spirale.

Rampant à travers le trou du plafond, nous émergeâmes dans l'énorme base circulaire de la tour. La lamia avait disparu. De l'eau, sans doute venue des douves et infiltrée dans la pierre, tombait de la voûte. Nous continuâmes prudemment l'ascension des degrés étroits, glissants et traîtres. À notre gauche, c'était le vide ; une chute aurait été mortelle. À notre droite, le mur s'incurvait, percé à intervalles réguliers de portes ouvrant sur des cellules. Elles étaient désertes, je n'y aperçus même pas un ossement.

Nous atteignîmes enfin ce qui avait été la trappe supérieure. Celle-ci aussi n'était plus qu'un trou irrégulier, assez large pour laisser passer les lamias.

Nous émergeâmes dans le cellier, encombré de sacs de pommes de terre pourries. Un monticule infecte et gluant avait été un tas de navets. Lorsque j'avais visité cet endroit en esprit, j'avais été épargnée par la puanteur ; à présent, elle m'agressait les narines, pire encore qu'à l'époque où le Conventus des Malkin occupait la tour. Des torches brûlaient de l'autre côté de la porte, qui menait à la salle principale. Levant nos chandelles, nous la franchîmes.

La lamia ailée était perchée sur la malle fermée. Sa sœur, assise à côté sur un tabouret, tenait un livre à la main. Une torche accrochée à la paroi éclairait le profil des deux créatures et projetait leurs ombres sur l'autre mur.

– Voici nos hôtes, ma sœur, croassa la lamia ailée. La jeune s'appelle Thorne. La plus grande, qui a la mort dans les yeux et la cruauté aux lèvres, est Grimalkin, la tueuse.

La sorcière assise sur le tabouret nous adressa un rictus qui se voulait aimable. Ses dents étaient un peu trop grandes pour sa bouche, et sa respiration bruyante. Quand elle parla, cependant, ce fut d'une voix douce, sans la moindre âpreté :

– Mon nom est Slake. Ma sœur s'appelle Wynde, du nom de notre mère. Je crois que vous avez quelque chose à nous montrer ?

Je déposai le sac sur le sol et défis le cordon. Lentement, je sortis la tête du Malin en la tenant par les cornes de façon à la présenter de face aux lamias. Un sourire grimaçant leur plissa le visage.

– La pomme est un moyen astucieux de lui imposer le silence, approuva Slake.

– Et j'aime les ronces qui l'entourent, renchérit Wynde.

Puis la première demanda :

– Pourquoi ne pas simplement détruire cette tête ? On pourrait la faire bouillir et la manger.

– Elle serait meilleure crue, croassa la seconde en battant des ailes, une expression gourmande sur sa figure bestiale. Je prendrai la langue, ma sœur ; je te laisse les yeux...

Je lui coupai la parole :

– J'y ai songé ; je n'ai pas osé. Qui connaît les conséquences d'un tel acte ? Il ne s'agit pas d'une simple sorcière qu'on renvoie à l'obscur en dévorant sa chair. Il s'agit de l'obscur incarné, du Démon en personne ! Manger cette tête, c'est courir le risque de le libérer. Il peut changer de forme et de taille à volonté. Libre, il est doué de pouvoirs énormes, qui dépassent notre entendement. Je l'ai transpercé avec des lances d'argent ; il est entravé, impuissant. Il me paraît plus sûr de conserver la tête intacte mais séparée de son corps, de sorte que ses serviteurs ne puissent ôter les lances et le réanimer.

– Vous avez raison, approuva Slake. Ce serait folie, l'enjeu est trop grand. Nous aimions tendrement notre sœur défunte. Nous avons promis de protéger son fils, ce Thomas Ward dont vous avez parlé. Mais, dites-moi, envisage-t-il une solution pour détruire le Malin ?

Je secouai la tête.

– Il la cherche toujours. Il se demande s'il n'y aurait pas, dans cette malle, quelque chose qui le mettrait sur la voie.

Découvrant ses dents, Slake tapota le livre qu'elle tenait.

– Je l'ai fouillée dans cette intention. Jusqu'à présent, je n'ai rien trouvé. Pendant votre séjour ici, accepterez-vous de nous aider ?

Ainsi, les lamias nous offraient l'hospitalité.

– J'en serai heureuse, dis-je. Mais nos ennemis ne tarderont pas à assiéger ces murs.

– Qu'ils s'aventurent donc sur mon terrain de chasse, au bas des murailles ! s'exclama Wynde. Je manque un peu d'exercice, depuis quelques mois.

Thorne et moi, nous dînâmes copieusement, ce soir-là. Wynde, la lamia ailée, avait attrapé un autre mouton qu'elle avait jeté sur le chemin de ronde.

Elle l'avait déjà vidé de son sang. Je le découpai sur place et rapportai les meilleurs morceaux pour les rôtir à la broche.

La salle, mal ventilée, fut vite envahie par la fumée. Cela ne me gênait guère : le picotement dans mes yeux me rappelait les nombreuses heures que j'avais passées ici, enfant, à regarder les servantes du Conventus préparer les repas.

– Qui fut la première personne que vous avez tuée ? me demanda Thorne, tandis que nous mangions.

– Tu le sais, fillette, répondis-je avec un sourire. Je t'ai raconté cette histoire des dizaines de fois.

– Contez-la-moi encore, s'il vous plaît ! Je ne me lasse pas de l'entendre.

Je n'avais rien à lui refuser. Sans elle, j'aurais été étendue, morte, à l'ouest de Pendle. Je recommençai donc mon récit :

« Après ce que le Malin avait fait à mon enfant, je voulais lui causer le plus de mal possible. Je savais où et quand j'avais une chance de le rencontrer. À cette époque, il marquait une nette préférence pour le clan des Deane. Aussi, Halloween approchant, au lieu de célébrer la fête avec les Malkin, je me rendis à Roughlee, le village des Deane.

« J'y parvins au crépuscule et me postai dans un petit bois surplombant le lieu où le feu du sabbat serait allumé. Je ne craignais guère d'être repérée.

Tout le monde serait bien trop excité et occupé par les préparatifs. De plus, je m'étais enveloppée d'une puissante magie qui me rendait invisible. Combinant leurs pouvoirs, les sorcières des Deane allumèrent le bûcher, fait de bois et d'ossements, qui s'enflamma avec un grand *wouf!* Le Conventus, constitué des treize sorcières les plus puissantes, forma un cercle autour du foyer, tandis que leurs sœurs d'un grade moins important s'asseyaient derrière elles.

« Alors que la puanteur du feu arrivait à mes narines, les Deane entamèrent leurs imprécations. Mêlant cris perçants et hurlements gutturaux, elles appelèrent la mort et la destruction sur leurs ennemis. Rappelle-toi cependant, fillette, qu'un sort est moins efficace qu'une épée! Les sorcières de tous les clans savent se prémunir contre ce type de magie. Il faut vraiment qu'elles soient affaiblies par l'âge ou par la maladie pour tomber sous le coup de telles malédictions.

« Bientôt, un changement s'opéra dans le feu : ses flammes passèrent du jaune au rouge intense. C'était le signe annonciateur de l'apparition diabolique, et l'assemblée lâcha une exclamation d'impatience. Je concentrai toute mon attention sur le brasier, tandis que le Malin commençait à se matérialiser. Il se présenta cette nuit-là dans sa plus effrayante majesté, la mieux à même d'impressionner ses adoratrices. Les flammes lui léchaient les genoux, révélant sa haute taille – trois fois celle d'un homme ordinaire –, et la largeur de son poitrail. Sa longue queue balayait le feu, ses cornes recourbées étaient celles d'un énorme bouc. Des reflets luisants parcouraient l'épaisse fourrure noire qui lui couvrait le corps, et les sorcières du Conventus tendirent avidement la main vers les flammes pour toucher leur noir seigneur. »

– Que ressentiez-vous ? demanda Thorne, tout excitée. Étiez-vous nerveuse ? Aviez-vous peur ? Moi, j'aurais été terrifiée ! Vous dites à présent que vous ne craignez rien, mais vous étiez jeune, alors. Vous n'aviez que dix-sept ans. Et vous alliez attaquer le Malin au beau milieu d'un clan ennemi !

– Certes, j'étais fébrile, mais si exaltée, si pleine de colère qu'il n'y avait plus de place en moi pour la peur. Je savais que le Démon ne resterait pas longtemps dans les flammes. Je devais frapper sans attendre.

« Je quittai ma cachette et courus droit vers le feu. Je surgis de l'obscurité, une lame dans chaque main, la troisième entre mes dents. Galvanisée par ma haine, j'étais prête à mourir, détruite par un souffle infernal ou mise en pièces par les Deane.

« Je projetai donc ma volonté vers mon ennemi. Si j'avais le pouvoir de le tenir éloigné, je voulais à présent qu'il reste. Je traversai les rangs de l'assemblée, écartant les sorcières à coups de coude et d'épaule. Des visages surpris et furieux se tournèrent vers moi. Je franchis enfin le cercle formé par le Conventus et lançai mon premier poignard. Il pénétra dans la poitrine du Malin jusqu'à la garde. À son hurlement, je sus que je l'avais gravement blessé, et ses cris de douleur sonnèrent à mes oreilles comme la plus harmonieuse des musiques. Il pivota alors, et mes deux autres couteaux manquèrent leur cible, même s'ils s'enfoncèrent profondément dans sa chair.

« Un instant, ses yeux se fixèrent sur moi, ses pupilles verticales réduites à deux minces traits rouges. Je n'avais rien pour me défendre. Pire encore, je savais que, s'il s'emparait de moi après ma mort, il infligerait à mon âme des tourments éternels. Je lui ordonnai de partir. M'obéirait-il? Me détruirait-il d'abord? Il se contenta de disparaître, emportant le feu avec lui, si bien que nous fûmes plongées dans le noir. La règle avait été respectée. J'avais porté son enfant; il ne pouvait se tenir en ma présence, sauf si je le désirais.

« Autour de moi régnait la confusion la plus totale. Les sorcières couraient en tous sens, déchirant l'air de leurs cris. Je mis l'obscurité à profit pour leur échapper. Bientôt, elles enverraient des tueuses à mes trousses.

« Je m'élançai vers le nord en contournant la colline de Pendle avant d'obliquer vers l'ouest, vers la mer. Je savais précisément où j'allais, car j'avais planifié ma fuite. Je me posterais dans les basses terres, à l'est de l'estuaire de la Wyre. Je m'étais enveloppée d'un manteau de magie noire, mais il ne suffirait pas à me dissimuler aux yeux de mes poursuivantes. Je devrais les combattre dans un lieu qui me donnerait l'avantage.

« Dans cette région, trois villages sont alignés du nord au sud. Un sentier étroit mène de l'un à l'autre, impraticable à marée haute, bordé de chaque côté par des mousses gonflées d'eau. Le cours de la rivière dépend aussi des flux et reflux de l'océan. Là s'étendent des marais salants et, au nord-est de Staumin, près de la côte, s'élève Arm Still. Ce monticule de terre ferme domine de grasses prairies et des chenaux dangereux, où le flux montant menace de piéger les imprudents. D'un côté, c'est la rivière, de l'autre les marécages, et personne ne peut traverser sans être vu depuis cette hauteur. Une sorcière qui s'aventure là est en grande souffrance, mais je traversai l'eau en serrant les dents. Je n'avais plus qu'à guetter l'arrivée de celles qui me traquaient.

« Je savais qu'elles seraient plusieurs. J'avais commis envers les Deane une offense impardonnable. Si j'étais prise, on me ferait mourir lentement, dans d'atroces souffrances.

«La première apparut au crépuscule et pénétra dans le marécage avec précaution. En tant que sorcière, je possède de nombreux talents. L'un d'eux – une faculté que nous partageons, Thorne – se révéla fort utile. Lorsqu'un ennemi approche, je mesure aussitôt sa valeur : sa force, son adresse au maniement des armes. Celle qui franchissait le marais n'était pas une combattante aguerrie. Seuls ses dons de traqueuse et sa capacité à percer mon manteau de magie lui avaient permis de distancer les autres.

« J'attendis qu'elle soit assez près pour me montrer, debout sur le monticule, ma silhouette se découpant contre le rougeoiement du ciel. Elle courut vers moi, une lame dans chaque main. Elle ne tenta même pas de zigzaguer pour éviter d'être une cible trop facile.

« C'était elle ou moi. Ce serait donc elle qui mourrait.

« Je tirai de ma ceinture mon couteau de jet favori. Sa lame n'était pas équipée d'une pointe en argent, mais ce n'est pas nécessaire pour tuer une sorcière. Je le lançai, et il s'enfonça dans sa gorge. Elle émit un bruit étranglé, tomba sur les genoux puis face contre terre, dans l'herbe humide.

« Oui, fillette, elle fut la première personne que je tuai, et j'en eus le cœur serré. Mais cela ne dura pas, et je me concentrai de nouveau sur la façon d'assurer ma survie. Poussant le corps de la morte dans la boue, je le dissimulai sous les herbes. Je ne lui arrachai pas le cœur. Nous nous étions affrontées en combat régulier, et elle avait perdu. Une nuit prochaine, elle se relèverait, sorcière morte à la recherche d'une proie. Elle ne représentait plus une menace pour moi, je n'aurais pas voulu la priver de ce droit. »

— Si je meurs avant vous, intervint Thorne, promettez-moi de m'ôter le cœur. Je préfère aller directement dans l'obscur. Je n'aimerais pas errer à travers la combe avec les sorcières mortes, et voir mon corps tomber peu à peu en lambeaux.

— Si tel est ton souhait, je le respecterai. Mais si je meurs la première, laisse mon cœur intact. Chasser dans la combe vaut mieux que souffrir un éternel tourment aux mains du Malin. Si nous ne le détruisons pas, un jour il m'attendra, et il t'attendra aussi, Thorne. Es-tu bien sûre de ton choix ?

Elle secoua la tête.

— Nous trouverons le moyen de le détruire et nous gagnerons l'obscur auquel nous appartenons. Un jour, je renaîtrai dans un autre corps. Je deviendrai à nouveau une tueuse et surpasserai les exploits que j'aurai accomplis dans cette vie.

Sa détermination me fit sourire. Les sorcières ne reviennent pas toujours sous forme de créatures vampiriques. Elles se réincarnent parfois et jouissent d'une deuxième, voire d'une troisième vie.

– À présent, achevez votre récit, s'il vous plaît, me pressa Thorne. D'autres étaient après vous, n'est-ce pas ?

– Oui. J'attendis les suivantes presque trois jours. Elles étaient deux et arrivèrent ensemble. Nous nous battîmes à midi, tandis que le pâle soleil d'automne donnait à la marée montante des reflets de sang. J'étais forte et rapide, mais mes adversaires étaient expérimentées, dotées d'un répertoire de feintes que je n'avais jamais rencontrées. Elles m'infligèrent de cruelles blessures, dont je garde encore les cicatrices.

« Le combat dura plus d'une heure, et j'arrachai la victoire de justesse. Deux nouveaux cadavres de Deane s'enfoncèrent dans le marécage.

« Trois semaines s'écoulèrent avant que je retrouve la force de voyager. Les Deane n'envoyèrent pas d'autres traqueuses. Ma piste avait refroidi, et il était peu probable que l'on m'ait reconnue, la nuit où j'avais attaqué le Malin. »

– Et les Deane ignorent toujours que c'était vous ?

– En effet, fillette. Tu es la seule à connaître la vérité. Espérons qu'ils ne l'apprendront pas, car mes jours en tant que tueuse seraient comptés. Le clan tout entier me pourchasserait. Jamais il n'oubliera.

8

Qu'est-ce qui vous effraie, Agnès ?

Une tueuse travaille en solitaire par nécessité.
Elle ne se fait que de rares alliés,
dont elle estime hautement la valeur.
Elle en ressent d'autant plus douloureusement la perte.

Thorne s'assoupit bientôt près du feu. Les sœurs lamias avaient disparu, descendues dans les souterrains – dans quelle intention, je l'ignorais. Je montai donc sur le chemin de ronde. La nuit était sans lune, et le vent se levait. De lourds nuages venus de l'ouest dérivaient dans le ciel. Je scrutai les ténèbres et le bois des Corbeaux avec mon regard de sorcière.

Je vis les oiseaux noirs nichés dans les arbres, un blaireau qui farfouillait autour de son terrier. Rien d'autre ne bougeait. Je reniflai à trois reprises pour m'en assurer, mais aucun danger ne menaçait. Bizarre ! Je m'attendais à détecter la présence d'au moins un ennemi furetant alentour.

Néanmoins, rassurée, je m'apprêtai à redescendre quand des lumières se mirent à clignoter au coin de mes yeux. Un vertige me prit, le sac de cuir que j'avais gardé avec moi me parut étrangement lourd. Je manquai perdre l'équilibre et dévaler les escaliers tête la première. Je me rattrapai et tombai à genoux. Tout devint noir autour de moi tandis que mon cœur s'affolait. Je m'appliquai à respirer lentement, profondément, jusqu'à ce que ma vision redevienne normale.

Ce moment de faiblesse passé, je me remis sur pied avec précaution. Était-ce un signe de ces dommages irréversibles dont Agnès Sowerbutts m'avait parlé, séquelles de mon empoisonnement par le kretch ? Si une telle crise me secouait en plein combat, je serais tuée. Moi qui avais toujours su tenir tête à n'importe quel adversaire et dominer n'importe quelle situation, il m'était insupportable de me sentir ainsi diminuée. Mon univers basculait brusquement. Je n'avais plus le total contrôle de moi-même.

Chancelante, je m'assis sur une marche, en bas des escaliers, pour me reposer, la tête sur les genoux. Je dus m'endormir, car je fus soudain alertée par un mouvement du miroir dans son sachet de cuir. Je l'avais en main avant même d'avoir ouvert les yeux.

Le visage d'Agnès apparut. Je crus un instant qu'ayant observé ma défaillance par scrutation elle désirait m'offrir ses services. Puis, devant ses traits crispés, je compris que quelque chose n'allait pas. Elle articula ses phrases avec tant de précipitation que j'eus du mal à les déchiffrer :

Une bataille féroce vient d'avoir lieu au sud de Roughlee, et les partisans du Malin l'ont emporté. Ils ont invité le kretch et ses créateurs à les rejoindre à Pendle ; ils vont bientôt s'allier pour t'abattre. La tour Malkin elle-même n'est pas un abri sûr. Fuis vers le nord tant qu'il en est encore temps !

– Mais qu'est-ce qui vous effraie tant, Agnès ? Je vois vos lèvres trembler de peur.

Ils viennent me chercher, Grimalkin. Dans quel but, je n'arrive pas à le discerner. Le miroir s'assombrit lorsque je l'interroge. Or, une sorcière est incapable de prédire sa propre mort, c'est bien connu. J'ai été heureuse avec mon mari, son décès m'a affligée, mais je me suis habituée à la solitude, je vis confortablement. J'espérais vivre encore de nombreuses années. Je ne suis pas prête à mourir.

– Écoutez-moi, Agnès ! Quittez votre maison tout de suite et venez à la tour ! Peu importe si vous ne pouvez pas marcher vite. J'irai à votre rencontre et vous amènerai ici, en sécurité.

C'est trop tard! Trop tard pour moi! Ils frappent à la porte. Une troupe de sorcières est rassemblée dehors. J'entends leurs cris de colère. Je vais mourir.

D'un coup, le miroir devint noir. Agnès était aux mains de nos ennemis, et je ne pouvais pas la secourir. Je me promis de la venger et de faire payer à ceux qui l'assaillaient au centuple ce qu'ils lui feraient subir.

À l'aube, sur le chemin de ronde, je racontai à mes compagnes ce qui était arrivé. Il commençait à pleuvoir, et je flairais à présent l'approche des sorcières, dissimulées derrière les arbres.

– Pourquoi se sont-elles attaquées d'abord à Agnès ? s'étonna Thorne.

– Même si elle a toujours vécu à part, les Deane devaient bien se douter qu'elle n'est pas une alliée du Malin. Et je suppose qu'elles ont découvert par scrutation le lien qui nous unit. Elles savent peut-être qu'elle m'a hébergée et secourue. Auquel cas elles connaissent aussi ton rôle dans cette histoire.

Ma jeune compagne haussa les épaules.

– Elles l'auraient connu tôt ou tard, de toute façon. Vous ne pouviez pas garder indéfiniment le secret sur notre relation. Ces quatre dernières années, Agnès a été pour moi une grand-mère et une véritable amie. Je ne supporte pas l'idée de la laisser, seule et effrayée, entre les mains cruelles d'adversaires sans pitié! On ne va pas rester là sans intervenir!

Je secouai la tête.

– Ils sont trop nombreux. Et elle est sans doute déjà morte. Cela me navre, car Agnès était une bonne amie pour moi aussi. Pourtant, notre priorité est de garder la tête du Malin hors de portée.

– Mais on doit tant à Agnès! Et vous la laisseriez mourir? Je n'y crois pas! Oubliez-vous que vous êtes Grimalkin? Le poison du kretch vous a donc à ce point diminuée?

– Silence! ordonnai-je. Oui, nous lui devons beaucoup. Mais il y a davantage en jeu. Obéis, ou je ne m'occupe plus de ta formation!

– Le temps viendra bientôt où vous n'aurez plus rien à m'enseigner.

Je souris avec ironie en découvrant mes dents. Thorne s'énervait parfois au point d'étouffer de rage, c'était dans son caractère. Mais elle devait apprendre à se contrôler et à rester à sa place.

C'est alors qu'elle attaqua.

Elle me lança un coup de pied à l'épaule gauche. Je lui saisis la cheville et la tordis; elle tomba rudement sur le sol. Elle se releva aussitôt pour se jeter sur moi. Nous roulâmes ensemble sur les dalles mouillées. Elle se battait comme un chat sauvage, griffant, mordant.

Je la laissai se démener, le temps pour elle d'exprimer sa colère et de soulager sa tension. Puis, pour stopper cette empoignade absurde, je lui enfonçai un doigt dans chaque narine et la remis sur ses pieds. Sans relâcher ma prise, je la cognai si violemment contre le mur qu'elle en perdit la respiration. Je lui ployai le cou en arrière et m'apprêtai à la mordre à la gorge. Je n'avais pas l'intention de lui infliger une blessure grave, juste de faire en sorte qu'elle retienne la leçon.

À la dernière seconde, elle frappa trois fois du pied, signe qu'elle se soumettait. Je la relâchai. Elle resta debout, pâle, vacillante. Un filet de sang mêlé de mucus coulait de sa narine gauche. Mais, comme après chaque combat, ses yeux étincelaient. Nous nous affrontâmes du regard. Bientôt, un sourire lui releva les coins de la bouche.

Avec un hochement de tête, je retournai m'asseoir. Les deux lamias nous observaient, stupéfaites. Pourtant, il n'y avait là rien d'extraordinaire. Nous nous étions battues bien des fois, cela faisait partie de l'entraînement. De temps à autre, je devais rappeler Thorne à l'ordre. Téméraire comme elle l'était, elle ne savait pas toujours estimer ses forces.

– Je vais aller en reconnaissance, déclara Wynde.

S'élançant du haut des remparts, elle décrivit trois cercles au-dessus de la tour. Puis elle prit de la hauteur et fila vers Roughlee.

Nous attendîmes en silence, les cheveux dégouttant de pluie. Quand la lamia revint dix minutes plus tard, elle n'apportait pas de bonnes nouvelles. Elle se posa avec grâce, se dirigea vers les escaliers pour descendre à l'abri de la pluie, et alla se percher sur la malle en nous attendant.

– Qu'as-tu vu, ma sœur ? demanda Slake.

– De nombreuses sorcières se dirigent vers le bois des Corbeaux ; toutes sont armées. Mais elles marchent vers la mort, déclara Wynde en secouant ses ailes.

Des flaques se formèrent sur les dalles, tandis que la lamia ailée concluait :

– Je me suis donné un peu d'exercice.

Je remarquai alors que ses griffes étaient poissées de sang frais, et que des rigoles rouges serpentaient le long de sa poitrine. Elle avait déjà supprimé au moins une de nos ennemies. Je me sentais frustrée de ne pouvoir en tuer moi-même. C'est un grand avantage que d'avoir des ailes.

– Croyez-vous qu'elles vont attaquer ? s'enquit Thorne. Elles viendront peut-être par le tunnel ?

– Pour ça, il faudrait d'abord qu'elles atteignent l'entrée, répondit Wynde.

– Il se peut que quelques-unes y parviennent. Les broussailles autour du sépulcre les protégeront, dis-je. Il nous sera cependant facile de défendre le tunnel. Une seule d'entre nous suffira à les repousser. Nous ne sommes pas encore en danger.

– Je descends, maintenant, décréta Slake. Je resterai en bas jusqu'au crépuscule ; puis une autre me relaiera.

J'acquiesçai. Traversant le cellier, la lamia s'engagea dans l'escalier qui menait au souterrain.

– Si seulement Agnès avait eu le temps de se réfugier ici ! se désola Thorne. Je n'arrête pas de penser à elle. Je me demande quels supplices elle doit endurer.

Nous le sûmes avant midi. Nous montions la garde en haut des remparts quand un groupe de sorcières sortit du bois et courut droit vers nous. Wynde s'apprêtait à décoller pour leur tomber dessus quand je la priai d'attendre.

– Pourquoi ? demanda-t-elle en fixant sur moi son regard farouche.

– Parce qu'Agnès est leur prisonnière, et elle est vivante, dis-je en désignant une silhouette à l'avant de la troupe.

D'un coup d'œil de côté, je surpris l'expression angoissée de Thorne. Ce dont nous allions être les témoins serait pénible, et nous serions obligées de le supporter.

Agnès était attachée, les mains liées derrière le dos, un nœud coulant autour du cou. Un mage à barbe noire qui marchait devant elle tenait le bout de la corde. Je m'attendais à lire la terreur sur le visage d'Agnès, mais elle paraissait calme. Consciente de l'imminence de sa mort, s'y était-elle résignée ? Ou espérait-elle encore être sauvée, peut-être par la lamia ailée ?

Je reportai alors mon attention sur le mage. Je reniflai à trois reprises, ce qui m'en apprit beaucoup sur lui. Il maniait une redoutable magie noire, et il était le chef de ceux qui avaient créé le kretch. De plus, c'était un guerrier habile, d'une force telle qu'en combat singulier je devrais me méfier de lui. Seul un imbécile sous-estimerait un tel personnage.

– Je vais d'abord tuer celui-là, annonça Wynde.

– Si j'avais des ailes, c'est moi qui le ferais, siffla Thorne.

– Chut ! ordonnai-je. Écoutons ce qu'il a à nous dire !

Le groupe s'arrêta au bord des douves. Levant la tête, le mage lança son discours d'une voix puissante et impérieuse :

– Je suis Bowker, chef désigné des serviteurs du Malin. Vous avez jusqu'au coucher du soleil pour nous donner ce qui nous appartient. Si vous refusez, la première à mourir sera votre amie et complice, cette vieille sorcière. Elle aime trop regarder dans les miroirs. Sa mort ne sera pas douce.

Il pivota et repartit vers le bois, suivi de son groupe, tirant rudement sur la corde qui enserrait le cou d'Agnès. Sa longue plainte fut clairement audible. Wynde battit des ailes, prête à plonger. Je la retins :

– Non ! Si vous attaquez, il la tuera aussitôt.

– Il la tuera de toute façon, objecta la lamia. Dès qu'ils seront sous les arbres, ils auront l'avantage. Je dois frapper maintenant, pendant qu'ils sont en espace découvert.

Elle décolla, prit de la hauteur avant de piquer vers le groupe de sorcières pour les attaquer par-derrière. Un hurlement de douleur retentit tandis que la lamia reprenait de l'altitude. Elle tenait une des sorcières entre ses griffes. Elle la lâcha après s'être élevée bien au-dessus des arbres. Sa victime était-elle morte ou vivante ? Elle tomba sans un cri, et son corps rebondit lourdement sur le sol.

L'action avait été téméraire. Le mage avait peut-être déjà égorgé la prisonnière. Des créatures aussi féroces que les lamias ont leurs propres lois ; Wynde ne partageait sûrement pas mon inquiétude pour Agnès, qui m'avait sauvé la vie. Elle tua encore deux fois avant que le groupe ait atteint le couvert des arbres. Ayant alors perdu l'avantage que lui donnaient ses ailes, elle revint vers nous et se posa sur le chemin de ronde.

– Pourquoi n'avez-vous pas attaqué le mage ? demandai-je. Lui éliminé, nous aurions pu secourir Agnès.

La lamia me regarda sous ses lourdes paupières mi-closes. Elle avait du sang sur la bouche et son regard flambait de cruauté.

– Le mage a une arme, quelque chose que je n'ai jamais rencontré. Il tient dans son poing le crâne d'un petit rongeur, et quand il l'a pointé vers moi, j'ai perdu l'équilibre et manqué m'écraser. Je ne peux pas l'approcher sans risquer de chuter du haut du ciel.

J'acquiesçai sans rien dire. Le mal était fait. Qu'en coûterait-il à Agnès ? Quoi qu'il en soit, ils la tueraient.

Les premiers hurlements retentirent au crépuscule.

9
Le combat de Wynde

Une sorcière ne devrait pas craindre la mort.
Ce n'est qu'un coucher de soleil,
la promesse de rejoindre l'obscur,
notre véritable demeure.

Ils torturaient Agnès, et je ne pouvais rien pour elle. Les mains plaquées sur les oreilles, Thorne se mit à gémir :

— Pauvre Agnès ! Qu'a-t-elle fait pour mériter ça ?

— Rien, fillette. Mais tu n'as pas besoin d'écouter. Descends dans le tunnel et va relever Slake de son tour de garde. Je prendrai ta place à l'aube.

Je passai le reste de la nuit à veiller du haut des remparts avec les deux sœurs lamias. Dans sa rage de ne pouvoir intervenir, Wynde rayait les dalles de ses griffes. Quand l'aube se leva, les hurlements cessèrent. Puis un corps fut jeté hors du bois. Il tomba à la lisière des arbres. Même à cette distance, je vis que c'était celui d'Agnès.

– Je vais la ramener, déclara Wynde.

– Soyez prudente, lui enjoignis-je. C'est peut-être un piège !

J'aurais voulu faire quelque chose, n'importe quoi plutôt que de rester là en spectatrice. Je brûlais du désir de me battre et de venger Agnès. Mais nos ennemis ne se contenteraient sûrement pas de nous attendre au milieu des arbres. Si le mage utilisait son arme-crâne, causant la chute de Wynde, elle serait vite encerclée.

Toutefois, avec son impétuosité habituelle, la lamia prit son vol et alla ramasser le cadavre. Elle remonta aussitôt en flèche, revint vers nous et le déposa à mes pieds.

Les yeux grands ouverts de la morte me regardaient fixement. Ses vêtements étaient en lambeaux, les tortures qu'elle avait subies avaient imprimé leurs affreuses marques dans sa chair de vieille femme.

– Ils ne lui ont pas arraché le cœur, nota Wynde. Je pourrais la transporter jusqu'à la combe. L'aurait-elle souhaité ?

J'ignorais ce qu'Agnès désirait, car nous n'en avions jamais parlé. Devenir une chasseuse morte dans la Combe aux Sorcières plaisait à certaines. D'autres, comme Thorne, tenaient cette perspective en abomination, préférant disparaître dans l'obscur. Puisqu'il fallait prendre une décision, j'optai pour la combe, en espérant que ce soit le bon choix.

– Oui, s'il vous plaît ! répondis-je. Emportez son corps, déposez-le dans une fosse peu profonde et recouvrez-le de feuilles.

À puissants battements d'ailes, Wynde s'éleva en spirale au-dessus de la tour avant de voler vers la Combe aux Sorcières, tache sombre contre le ciel gris diminuant peu à peu dans la distance. Une heure plus tard, elle était de retour. Elle avait enterré Agnès au pied d'un grand chêne, au beau milieu du vallon. Je la remerciai, puis je descendis dans les souterrains pour relever Thorne.

– Ils l'ont tuée, lui dis-je doucement. À présent, elle n'a plus rien à craindre d'eux.

Thorne hocha la tête sans un mot. Mais ses yeux débordaient de larmes.

Je montai la garde durant de longues heures. Le temps s'écoulait avec une extrême lenteur. Je m'aventurai un moment au-delà du petit lac autrefois gardé par l'antrige. Rien n'annonçait une incursion de nos ennemis. Peut-être avaient-ils conscience qu'il nous serait facile de défendre cette entrée. Beaucoup seraient tués, dans un espace aussi restreint. Et le kretch était trop gros pour franchir le premier tunnel.

Cependant, nous ne pourrions pas soutenir ce siège indéfiniment. Tôt ou tard, il nous faudrait tenter une sortie.

Une fois de plus, alors que je remontais vers les cachots, je m'arrêtai près du gibet des lamias, me demandant quelle pouvait être son utilité. Je résolus de poser la question à l'une d'elles quand l'occasion se présenterait.

Slake descendit prendre ma place, et je retournai dans la tour. Je mangeai quelques tranches de viande froide, quoique sans appétit, pour conserver mes forces. Puis je regagnai le chemin de ronde.

Une lune gibbeuse répandait alentour sa lumière d'argent. Tout semblait paisible, mais je flairai la présence de sorcières tapies derrière les arbres, et le kretch était avec elles. Bowker, le mage, était là aussi. Il se montra bientôt à découvert et leva les yeux vers nous. Je notai qu'il ne s'était avancé hors du bois que de six pas. Wynde ne réussirait pas à l'atteindre avant qu'il ait regagné son abri.

– On te dit brave, Grimalkin ! La plus redoutable tueuse qu'on ait jamais connue ! lança-t-il, du sarcasme plein la voix. On ne le croirait pas, à te voir ainsi recroquevillée derrière ces murailles. Tu n'es qu'une froussarde, qui n'ose pas affronter plus fort qu'elle ! Regarde ! Voici ta mort !

Le kretch bondit, tel un loup géant – les mâchoires ouvertes, ombre noire sur l'herbe éclairée par la lune. Il me parut plus grand et plus puissant encore qu'à sa première apparition. S'arrêtant devant les douves, il se dressa sur ses musculeuses pattes arrière. De la main gauche, il tira une longue épée d'un fourreau accroché à son épaule. Il n'avait plus l'apparence d'un loup : debout, les crocs luisants et une lame à la main, il était une créature démoniaque tout droit sortie d'un cauchemar. Alors, à ma grande stupeur, il parla. Je n'avais pas imaginé que ses créateurs maléfiques l'auraient doté de la parole.

– Viens m'affronter sur l'herbe si tu l'oses, Grimalkin ! rugit-il. Viens ! Lame contre lame, nous danserons ensemble la danse de la mort !

– Un jour, répliquai-je, je te tuerai. Pour l'instant, une affaire plus importante m'occupe.

Je levai le sac de cuir.

– Vois la tête de ton maître ! Chaque nuit, nous discutons. Chaque nuit, je lui apprends ce que c'est que souffrir. Et, cette nuit, à cause de ton insolence, ses tourments seront cent fois pires !

Les sorcières cachées dans le bois émirent une rumeur de colère.

– Et la sorcière ailée, à tes côtés, gronda le kretch en tirant une deuxième lame. Est-elle aussi lâche que toi ? Elle a tué beaucoup des nôtres. Il lui est facile de fondre sur nous du haut des airs ! Mais oserait-elle m'affronter face à face ?

À côté de moi, Wynde grogna et battit rageusement des ailes.

– Laissez-le dire, lui conseillai-je à voix basse. Conservons nos forces pour le combat décisif.

– De tels mots ne peuvent rester sans réponse, siffla la lamia.

– Ce ne sont que des mots, repris-je d'un ton apaisant. Ne les écoutez pas ! Cette créature vous provoque en espérant vous pousser à l'imprudence. «Courage» et «lâcheté» sont des termes inventés par des fous pour satisfaire leur amour-propre et dénigrer leurs ennemis. Au combat, il convient de rester calme, précise, maîtresse de soi. Telle est la technique des tueuses, et je vous la conseille. Le moment venu, nous tuerons le kretch. Vous boirez son sang, et les os de ses pouces orneront mon collier.

– S'il vous plaît, Grimalkin, mendia Thorne, vous me laisserez l'un de ses os ?

Je souris sombrement :

– Nous verrons, fillette. Tu recevras selon ton mérite.

– Vous pépiez entre vous, telles des pintades affolées, lança le kretch en nous menaçant de ses lames. Vous n'êtes que des femmelettes, indignes du titre de « sorcières » !

– Je vais tuer ce démon pour vous, Grimalkin, siffla Wynde.

– N'essayez même pas ! m'écriai-je. Il est vif et fort, et ses griffes diffusent un poison mortel. De plus ses os sont plus solides qu'une armure. Son crâne est impossible à briser.

Je n'eus pas le temps d'en dire davantage. Wynde s'était élancée du haut du rempart et décrivait de grands cercles, à puissants battements d'ailes. Quand elle fut à portée du mage, elle plongea vers lui, les serres étendues. Je m'attendais à ce qu'il se serve contre elle de son arme mystérieuse. Il se contenta de reculer à l'abri des arbres. Wynde vira, regagna de l'altitude, s'apprêtant à attaquer le kretch. Je compris alors qu'elle avait seulement voulu éloigner Bowker, pour qu'il n'interfère pas entre elle et la créature.

Le kretch attendait, les yeux fixés sur la lamia, ses armes levées. Wynde était montée si haut qu'elle ne paraissait pas plus grosse qu'une étoile. Brusquement, elle tomba comme une pierre sur son ennemi. Alors, tout se passa très vite : je vis les lames étinceler, la lamia lancer un coup de patte, de la fourrure et des plumes voler en tous sens. Puis les ailes de Wynde se déployèrent, et elle s'éleva dans les airs.

Deux entailles livides balafraient le front du kretch, juste au-dessus des yeux. La lamia l'avait griffé jusqu'au sang, mais je savais combien l'os était dur, sous la fourrure. Je me rappelai comment mon couteau de jet avait rebondi. Je l'avais lancé avec assez de force et de précision pour qu'il pénètre un crâne humain et s'y enfonce jusqu'à la garde. La boîte crânienne de la bête l'avait repoussé comme l'aurait fait un casque tout neuf, battu sur l'enclume d'un habile artisan. D'autre part, la créature guérissait presque spontanément. Wynde devrait le tuer, puis le réduire en pièces, et peut-être lui manger le cœur pour s'assurer qu'il ne se régénère pas.

Elle plongea de nouveau. Elle avait perdu quelques plumes dans la première attaque, mais de solides écailles protégeaient le bas de son corps. Les lames du kretch n'entameraient pas le ventre de Wynde. Il devrait tenter de toucher un point plus vulnérable, la gorge, par exemple. Une telle cible, difficile à atteindre, obligerait la créature à prendre des risques, augmentant d'autant sa propre vulnérabilité.

Voyant Wynde descendre en oblique, je compris qu'elle visait l'abdomen. Le kretch le comprit aussi. Retombant à quatre pattes, il s'écarta vivement. Il n'y réussit qu'à demi, car la lamia lui laboura le flanc de ses griffes, y laissant cinq longs sillons sanglants. Rien de grave, cependant. Pour le moment, aucun des deux combattants ne souffrait de blessure sérieuse.

Je m'angoissais pour Wynde. Ce qu'elle tentait de faire était excessivement dangereux. J'aurais voulu me joindre à la bataille, mais descendre des remparts m'aurait pris trop de temps, et seule la mort m'attendait en bas. Mon devoir était de garder la tête du Malin en sûreté, pas de sacrifier ma vie inutilement.

La deuxième offensive de la lamia fut presque identique à la précédente. C'était une erreur, car le kretch était prêt. Il s'était remis à quatre pattes et, quand Wynde lui lança son coup de griffes, il se redressa, l'épée levée, pour la frapper à la gorge.

Wynde eut une seconde d'hésitation. Puis, avec une secousse, elle décolla de nouveau. Mais son ascension avait quelque chose de pénible.

– Elle est blessée ! s'exclama Thorne. Elle a reçu une mauvaise entaille.

Thorne avait raison. La lamia perdait son sang, qui gouttait abondamment dans l'herbe. Je pensai qu'elle allait revenir vers les remparts. Or, Wynde était aussi téméraire que Thorne. Elle repartit aussitôt à l'attaque. Pour tuer, cette fois. Plutôt que de frapper rapidement et de s'envoler hors de portée, elle percuta le kretch avec violence avant de le déchirer de ses griffes dans un féroce corps à corps. De sa main droite, elle agrippa la créature par l'épaule tout en la frappant de l'autre à coups redoublés. Le kretch lui rendait coup pour coup. Ses lames luisaient à la lumière de la lune, rouges de sang. Des plumes teintées d'écarlate tombaient alentour, et je gémis intérieurement, consciente que la lamia était en mauvaise posture.

Pourquoi ne relâchait-elle pas sa prise pour s'échapper tant qu'elle en avait la force ? Mieux valait battre en retraite et survivre pour reprendre la lutte ultérieurement. Certaines défaites ne sont que provisoires. L'important, c'est la victoire finale.

Soudain, Bowker, le mage barbu, surgit du bois et courut vers les combattants. À une distance d'environ six pas, il pointa son arme-crâne sur la lamia. Je vis l'air miroiter, et Wynde frissonner.

À présent, elle n'avait plus le temps de s'envoler pour se mettre hors d'atteinte. Le kretch la renversa sur l'herbe ; une de ses ailes pendait en un angle impossible, et je sus que, même si elle avait voulu décoller, elle n'aurait pas pu. Elle lutta encore un moment ; le kretch, déconcerté, parut reculer devant ses dents et ses griffes.

Puis la horde des sorcières surgit du bois avec des criaillements de victoire, couteau au poing. Trois d'entre elles portaient de longues perches auxquelles des lames étaient fixées ; elles s'en servirent pour

frapper encore et encore les parties les plus vulné-
rables de la lamia, tandis que celle-ci se débattait
entre les pattes du kretch. C'étaient des sorcières
du clan des Deane. Trois reniflements me révé-
lèrent leur identité : Lisa Dugdale, Jenny Croston
et Maggie Lunt. Je ne les oublierais pas. Elles paie-
raient bientôt leurs actes de leur vie.

Wynde tressaillait à chaque coup de poignard.
Brave comme elle était, elle ne laissait échapper
aucune plainte en dépit de ses souffrances. Thorne
et moi la regardions en silence du haut des remparts.
Je pensais à Slake, qui gardait l'entrée du tunnel, igno-
rante de ce qui se passait. C'était une chance qu'elle
n'ait pu assister à ce combat, car elle aurait sûrement
volé au secours de sa sœur et aurait péri avec elle.

Les sorcières étaient assez près, maintenant, pour
n'avoir plus besoin de leurs perches, car la lamia ne
bougeait plus, sans doute déjà morte. Néanmoins,
elles ne prenaient aucun risque et continuaient
d'enfoncer leurs lames dans sa chair. Quelques instants plus tard, nous comprîmes pourquoi.

Le kretch se dressa sur ses pattes arrière. Il ne
tenait plus d'épées, et ses mains étaient rouges. Dans
la gauche, il brandit le cœur encore palpitant de
Wynde. Il le déchira en deux et commença à le
dévorer ; une salive sanglante dégoulinait de ses
mâchoires ouvertes.

10

Représailles

Certains rendent un culte aux anciens dieux ;
d'autres servent la lumière.
Moi, je vais seule.
Je suis Grimalkin.

J'assistai à cette scène en silence, impuissante, tandis que la colère montait en moi. Le kretch ôtait à la lamia toute possibilité de revenir. Wynde ne connaîtrait pas une après-vie de sorcière morte. Elle était envoyée à jamais dans l'obscur.

Quand le kretch eut achevé son repas sanglant, il nous lança :

– Bientôt, ce sera votre tour ! Vos jours sont comptés. Ton cœur m'appartiendra, Grimalkin. Tel est le destin de ceux qui s'opposent à mon maître !

– Je vous tuerai tous, répliquai-je. Chacun de vous périra par ma main. Dispersez-vous, fuyez ! Je vous pourchasserai jusqu'aux extrémités de la terre, j'en fais le serment !

Le kretch et le mage se contentèrent de rire, et les sorcières se joignirent à eux dans une sauvage cacophonie de caquètements et de gloussements. Il était temps de leur opposer un langage qu'ils puissent entendre. Aussi, déliant le cordon du sac de cuir, j'en tirai la tête du Malin. Je la brandis par les cornes de sorte que tous la voient au-dessus des remparts.

– Regardez bien celui que vous honorez, celui que vous servez ! Il va payer pour vos actes ! Et il vous en tiendra pour responsables !

Je tirai un poignard, le plongeai dans l'œil droit du Malin et y fourrageai férocement. La tête ne pouvait crier avec sa bouche fermée par le bâillon de pomme et de ronces. Un rugissement épouvantable s'éleva pourtant, qui semblait sortir de dessous nos pieds. Puis une voix tonna, comme venue des entrailles de la terre :

Vous m'avez trahi ! Malheur à vous ! Une éternité de tourments attend ceux qui se montreront infidèles une seconde fois ! Ce que je souffre, chacun de vous l'éprouvera au centuple !

Le sol trembla, la tour vacilla, et la fourche aveuglante d'un éclair déchira le ciel du nord au sud. En réponse, le tonnerre gronda, couvrant les piaillements des sorcières, en contrebas. Je distinguai leurs bouches ouvertes sur un cri d'horreur, leurs yeux écarquillés d'épouvante. Elles couraient en cercles affolés, tels des poulets sans tête, tandis que des rafales de vent tordaient violemment les branches.

Enfin, le calme revint. Fixant chaque sorcière tour à tour de sorte qu'elles voient la mort les guetter au fond de mes prunelles, je leur criai :

– Quittez ces lieux ! Filez ! Demain soir à cette heure, je remonterai sur les remparts. Si je détecte votre présence dans le bois, je crève son deuxième œil à votre maître ! Est-ce clair ?

Personne ne me répondit, pas même le kretch ni le mage barbu. Tête basse, ils tournèrent les talons et s'enfoncèrent lentement sous le couvert des arbres.

Thorne me regardait, rayonnante.

– Eh bien ! s'exclama-t-elle. Vous leur avez coupé le sifflet !

J'acquiesçai, la mine sombre :

– Oui, mais pour combien de temps ?

Un sang noir s'écoulait de l'orbite du Malin. Je lui crachai à la figure avant de remettre l'horrible tête dans le sac.

– Si la voie est libre demain soir, nous partirons, dis-je.

– Serons-nous plus en sécurité ailleurs ? fit Thorne, sceptique.

– Là n'est pas le problème, fillette. Sans la lamia ailée pour nous rapporter du gibier, nous finirons par mourir de faim. D'autre part, nos ennemis reviendront, encore plus nombreux. On ne peut soutenir un siège indéfiniment.

Elle grimaça.

– Où irons-nous ?

– Il y a plusieurs lieux, mais aucun n'est aussi bien fortifié que celui-ci. Je vais y réfléchir. Allons d'abord raconter à Slake ce qui est arrivé à sa sœur.

Nous redescendîmes. Ayant franchi la trappe et gagné le niveau inférieur de la tour par l'escalier en spirale, je sentis la présence de la lamia. Elle avait quitté le tunnel.

Nous la trouvâmes agenouillée au pied du gibet. Les animaux morts pendaient toujours au bout de leurs chaînes, mais plus une goutte de sang ne tombait dans le baquet, à présent plein à ras bord. Une unique torche accrochée au mur éclairait la salle de sa lumière vacillante. Je ne flairai aucun danger, seuls des rats couraient dans l'ombre.

Slake se balançait rythmiquement et marmonnait pour elle-même. Je crus qu'elle préparait un sort en psalmodiant une incantation. Mais sa voix monta soudain avec ferveur, suppliante. Elle leva les bras vers le gibet et s'inclina à trois reprises. Célébrait-elle un culte ? Priait-elle un dieu ? À quelle divinité pouvait-elle bien s'adresser ?

Je fis un signe à Thorne, et nous reculâmes dans l'ombre, derrière les colonnes.

– Laissons-la accomplir son rituel, chuchotai-je. Nous lui parlerons quand elle aura terminé.

Au bout de quelques instants, Slake s'inclina très bas avant de se relever. Puis elle poussa un cri guttural, souleva le baquet jusqu'à ses lèvres et but longuement. Elle lança le même cri à trois reprises et se remit à boire. À la troisième, je compris qu'elle prononçait un nom, que je ne saisis pas.

Quand le baquet fut vide, elle le reposa au sol, se retourna et vint vers nous. Malgré la concentration avec laquelle elle avait accompli son rituel, la lamia avait été consciente de notre présence.

Elle s'inclina, quoique pas aussi profondément que devant le gibet. Le devant de sa robe était imbibé de sang. Curieusement, son visage me parut moins humain qu'auparavant, quand elle était avec nous sur le chemin de ronde. Ses yeux brûlaient d'une lueur sauvage, sa bouche semblait une plaie rouge, comme dévorée de l'intérieur par ses propres dents.

– J'apporte de mauvaises nouvelles, dis-je doucement. Votre sœur est morte avec vaillance en combattant le kretch. La créature a été sans pitié et lui a dévoré le cœur.

Aucun frémissement d'émotion n'altéra les traits de la lamia.

– Je le sais déjà, dit-elle. J'ai senti l'instant de sa mort. C'est pourquoi je priais.

– Qui priiez-vous ? Quel dieu ?

– La déesse de toutes les lamias, bien sûr.

Je fronçai les sourcils.

– Je ne connais pas cette divinité.

– Nous la nommons Zenobia. Elle a été la première lamia, notre ancêtre à toutes. Vous avez combattu avec elle en Grèce. Elle est la mère de Thomas Ward, l'apprenti de l'Épouvanteur.

– N'a-t-elle pas péri pendant sa lutte contre l'Ordinn ?

Je n'avais pas été témoin de l'évènement, mais Tom Ward m'avait raconté comment sa mère, sous sa forme ailée, avait empoigné l'Ordinn[1] dans une

---

1. Lire le tome 7, *Le cauchemar de l'Épouvanteur*.

étreinte mortelle. Alors qu'elles se battaient, la citadelle avait été consumée par une colonne de feu et aspirée dans l'obscur.

– Son esprit vit toujours. Elle m'a donné ses instructions pendant que je la priais.

Je savais à quel point Tom Ward avait été proche de sa mère. Si celle-ci avait parlé à la lamia, sans doute avait-elle communiqué aussi avec son fils ?

– Des instructions... à quel sujet ? demandai-je.

– Elle m'a ordonné de rester ici sans ma sœur et de défendre la tour contre nos ennemis. Je dois avant tout protéger la malle, car elle contient des informations qui aideront son fils à détruire le Malin.

– Vous avez déjà fouillé cette malle et lu les livres qu'elle renferme. Qu'avez-vous appris ? Dites-le-moi, et je le transmettrai à Tom Ward.

– Ce n'est pas simple, loin de là. Il y a des siècles de cela, Zenobia était en lutte contre le Malin. Ayant tenté en vain de l'anéantir, elle réussit cependant, grâce à la magie noire, à restreindre ses pouvoirs, par une méthode appelée l'« abornement » : s'il tue lui-même Thomas Ward, il ne gouvernera notre terre que pendant cent ans ; après quoi, il sera contraint de retourner là d'où il vient. Mais si, pour ce faire, il recourt aux services d'un de ses enfants – le fils ou la fille d'une sorcière –, son règne n'aura pas de fin. Il lui reste aussi une troisième voie : qu'il réussisse à convertir le garçon à l'obscur, et il régnera également jusqu'à la fin du monde.

Slake marqua une pause avant de reprendre :

– Zenobia pense que, en étudiant la façon dont fonctionne l'abornement, son fils repérera un détail qui lui a échappé. Un point faible du Malin, peut-être ; une faille qui nous permettrait d'agir de façon inédite et efficace.

La mère de Tom avait agi avec discernement. Sans cette limitation de ses pouvoirs, le Malin aurait tué Tom Ward depuis longtemps. Je le soupçonnais d'espérer encore convertir le garçon à l'obscur. Certes, l'apprenti avait dévié lentement dans cette direction, obligé de se compromettre par un recours à la fiole de sang et une alliance avec des sorcières. Mais la haine du Malin envers Tom et sa soif de vengeance étaient telles qu'il chercherait à le tuer aussitôt qu'il serait libéré.

– Si vous restez dans cette tour, s'inquiéta Thorne, comment survivrez-vous sans nourriture ?

– Je chasserai, répondit la lamia. Ma sœur et moi espérions apprendre tout ce dont nous avions besoin, puis quitter ce refuge sous notre forme humaine pour apporter nos connaissances à l'apprenti. À présent, tout a changé. Ce que nous cherchons dépasse nos capacités de compréhension. Bientôt, le garçon devra revenir ici pour consulter lui-même les livres.

Le processus qui me redonnera ma forme sauvage est entamé. Pendant quelques semaines, je me contenterai de sang et de chair de rats. Dès que mes ailes auront poussé, je m'élèverai dans le ciel pour traquer des proies plus importantes : des bêtes, principalement, et peut-être aussi les meurtriers de ma sœur.

J'acquiesçai avant d'ajouter :

– Seule, comment défendrez-vous la tour ?

– Au début, ce sera difficile, mais j'y réussirai. Dès que ma métamorphose sera achevée, ils n'oseront plus attaquer. Et le kretch est trop gros pour pénétrer dans les tunnels.

– En ce cas, mieux vaut que Thorne et moi quittions cet endroit tant que c'est encore possible.

J'ajoutai avec une grimace :

– Je ne partage pas votre goût pour les rats.

– Partirez-vous tout de suite ?

– Pas avant demain soir. Je ferai d'abord le tour du chemin de ronde en brandissant la tête du Malin. En représailles pour la mort de votre sœur, je lui ai crevé un œil. J'ai juré de lui crever le deuxième si nos ennemis restaient embusqués alentour. J'espère que les sorcières auront fui le bois ; nous pourrons ainsi parcourir une bonne distance avant d'être prises en chasse.

– Où irons-nous ? m'interrogea Thorne.

– Le choix le plus judicieux me paraît Clitheroe.

– La ville est en ruine, objecta mon apprentie. À ce qu'on dit, c'est un repaire de brigands et de coupe-jarrets.

– L'endroit idéal ! rétorquai-je avec un léger sourire.

La forteresse de Clitheroe avait longtemps résisté aux armées des envahisseurs. Quand elle était enfin tombée, affamée par des mois de siège, l'ennemi avait passé ses défenseurs au fil de l'épée et brûlé la ville. Elle n'était plus que cendres, mais les fortifications tenaient encore. À présent que l'occupant, vaincu, avait été repoussé au sud, peu d'habitants avaient regagné leur cité. Elle était donc devenue le refuge d'une multitude de pillards, qui écumaient la campagne à l'ouest de Pendle. Tôt ou tard, nos troupes mettraient un terme à leurs coupables activités. En attendant, c'était l'endroit qu'il nous fallait. Nous n'aurions aucun mal à pénétrer dans le château, à en chasser les occupants et à nous y installer.

Mais, d'abord, nous devions quitter la tour Malkin sans être repérées et filer vers le nord à travers bois.

11

Un cadeau de l'Enfer

Un véritable chevalier respecte les codes de la chevalerie,
auxquels il soumet toute sa vie :
il ne refuse jamais un défi et tient toujours parole.
J'ai mon propre code de l'honneur,
que j'adapte aux circonstances.

Nous passâmes nos dernières heures dans la tour à nous reposer en prévision des épreuves qui nous attendaient. Nous ne mangeâmes toutefois que quelques morceaux du mouton rapporté par Wynde. Slake en aurait plus besoin que nous ; bientôt, elle devrait se contenter d'un régime à base de rats.

Tandis que Thorne gardait les tunnels et que Slake veillait en haut des remparts, je décidai d'avoir une nouvelle conversation avec le Malin. J'avais l'intention d'exercer sur lui une pression qui rendrait notre sortie de la tour moins incertaine. Je tirai donc sa tête du sac de cuir et la déposai sur une table basse. Ayant libéré sa bouche de la pomme épineuse, je m'assis devant lui en tailleur de sorte que nos visages soient à la même hauteur.

– Parle à tes sbires ! Ordonne-leur de s'en aller ! S'ils ne quittent pas ce bois, je te crève l'œil qui te reste.

– Sais-tu ce qui est mal ? demanda-t-il, ignorant superbement mes paroles.

– À toi de me le dire, rétorquai-je. Si quelqu'un peut répondre à cette question, c'est bien toi !

Un sourire sarcastique lui étira la bouche, ce qui dévoila ses dents brisées :

– Le seul mal véritable est de se refuser ce que l'on désire. En ce sens, je ne commets jamais le mal, car j'impose toujours ma volonté. Ce que je veux, je le prends.

– Tu déformes tout, l'accusai-je. Tu mérites bien ton nom de Père du Mensonge !

– Qu'est-ce qui est préférable ? reprit-il. Tester l'extrême limite de son pouvoir ou réprimer ses désirs ? Gagner en puissance à chacun de ses actes ou se satisfaire de ce qu'on a ? Quelle différence y a-t-il entre toi et moi, Grimalkin ?

Je secouai la tête.

– J'aime les défis qui me permettent d'augmenter mes forces et mon habileté, mais jamais au détriment des faibles. Toi, tu fais le mal pour le plaisir. Quel plaisir y a-t-il à tourmenter des êtres sans défense ?

– C'est le plus grand de tous ! s'écria le Malin.

Il y avait une question que je ne lui avais jamais posée, car il m'était trop difficile de l'exprimer. Cette fois, j'y parvins, la gorge si serrée par l'émotion que mes paroles furent presque inaudibles :

– Pourquoi as-tu tué mon enfant ?

– Notre enfant, Grimalkin ! *Notre* enfant ! Je l'ai tué parce que je le pouvais. Et pour te faire du mal. Je l'ai tué parce que je ne supportais pas de le voir en vie. Adulte, il serait devenu mon ennemi mortel, et l'un des plus dangereux. Mais un autre l'a remplacé, à présent : le garçon appelé Thomas Ward. Je l'écraserai lui aussi. Je ne peux lui permettre d'atteindre l'âge d'homme. Il doit mourir, comme ton fils. Je le tuerai, premièrement parce que j'en ai le pouvoir. Deuxièmement, pour l'empêcher de me détruire. Troisièmement, pour te nuire, Grimalkin. Car ton dernier espoir de vengeance disparaîtra avec lui.

Sans un mot de plus, j'enfonçai la pomme et ses ronces dans la bouche immonde et remis la tête dans le sac. Je tremblais de colère.

Plus tard, Thorne et moi consultâmes les livres contenus dans la grande malle, sans rien y découvrir de véritablement utile. Je lus un récit écrit sur une simple feuille de papier, où la mère de Tom expliquait de quelle manière elle avait imposé des limites au Malin. Or, à la différence des autres cahiers dont l'encre avait pâli, ce texte semblait avoir été rédigé très récemment. Il ne pouvait donc pas être de sa main.

Le Noir Seigneur souhaitait que je rentre au bercail et lui fasse acte d'obédience une fois de plus. Je résistai longtemps, tout en prenant régulièrement conseil auprès de mes amis et de mes fidèles. Certains m'exhortaient à porter son enfant, le moyen qu'utilisent les sorcières pour l'éloigner à jamais. Mais cette seule idée me faisait horreur.

À cette époque, j'étais tourmentée par un choix qu'il me fallait faire. Des ennemis m'avaient capturée, me prenant par surprise. Ils m'avaient liée avec une chaîne d'argent et clouée à un rocher, de sorte qu'à l'aube les féroces rayons du soleil m'auraient détruite. Je fus sauvée par un marin, John Ward, qui me protégea de son ombre et me libéra.

Nous trouvâmes ensuite refuge dans ma maison, et il m'apparut bientôt que mon sauveur avait des sentiments pour moi. Je lui étais reconnaissante, mais il n'était qu'un humain, et je n'éprouvais guère d'attirance pour lui. Or, j'appris qu'il était le septième fils de son père. Un plan commença à se dessiner dans ma tête. Si je lui donnais des fils, le septième serait doué de pouvoirs particuliers contre l'obscur. Mieux encore : l'enfant hériterait de certains de mes dons, qui augmenteraient ses autres pouvoirs. Cet enfant aurait un jour la capacité de détruire le Malin. Ce n'était pas une décision facile à prendre. John Ward n'était qu'un pauvre marin, un fils de fermier. Même si je lui achetais une ferme, je devrais vivre cette vie de labeur avec lui, dans la puanteur des étables et de la basse-cour.

Mes sœurs me poussaient à le tuer ou à le leur laisser. Je refusai : je lui devais la vie. Soit je le chassais de sorte qu'il trouve un bateau qui le reconduirait chez lui, soit je partais avec lui.

Mais, pour rendre possible cette seconde possibilité, il me fallait d'abord limiter l'action de mon ennemi, le Malin. J'utilisai un subterfuge. À la fête de Lammas, j'organisai une rencontre entre lui et moi. Après avoir choisi l'endroit avec soin, je bâtis un grand feu et, à minuit, prononçai les incantations qui l'amèneraient temporairement dans notre monde.

Il apparut au milieu des flammes, et je m'inclinai devant lui comme pour lui faire obédience. En réalité, je *prononçais à voix basse un sort puissant tout en tenant dans mes mains deux objets sacrés.*

À la lumière de ce document, il m'apparut que Zenobia avait haï le Malin autant que moi et pris un risque égal au mien en l'invoquant. J'avais apprécié de combattre à ses côtés, en Grèce. Et, maintenant, bien que désincarnée, elle restait une entité sur qui on pouvait compter. C'était une idée réconfortante.

Je poursuivis ma lecture :

En dépit de ses efforts pour contrecarrer ma volonté, j'achevai avec succès le processus d'abornement. Je pouvais passer à la deuxième partie de mon plan, qui commençait avec mon voyage vers le Comté et l'achat d'une ferme.

C'est ainsi que je devins l'épouse d'un fermier et lui donnai six fils, et enfin un septième. Il fut appelé Thomas Jason Ward, le premier prénom choisi par son père, le second par moi, en hommage à un héros de mon pays d'origine dont j'avais été autrefois éprise.

Nous, les lamias, sommes coutumières des métamorphoses, mais les changements que le temps opère sur nous sont difficiles à prévoir. À mesure que les années passaient, j'acceptai mon sort et appris à aimer mon mari. J'approchai peu à peu de la lumière, je devins guérisseuse et sage-femme, apportant mes soins à mes voisins chaque fois que je le pouvais. C'est ainsi qu'un humain, John Ward, l'homme qui m'avait sauvée, m'ouvrit un chemin imprévu.

Je ne voyais pas comment ces informations aideraient Thomas Ward à détruire le Malin, mais, combinées avec d'autres écrits réunis dans la malle, cela nous apprendrait peut-être quelque chose. Il était vital que l'apprenti de l'Épouvanteur vienne ici et fasse des recherches approfondies. Je me résolus à contacter Alice à la première occasion. Il fallait qu'elle amène le garçon à la tour une fois de plus.

– Qui a mis ceci par écrit ? demandai-je à Slake.

– Ce document est de ma main. À l'origine, il a été rédigé en langage codé par Zenobia, qui avait réparti le texte dans différents cahiers. Dans une vision, elle m'a confié la clé de ce récit.

– À quels objets sacrés fait-elle allusion ?

– L'un d'eux est dans la malle. L'autre ailleurs.

– Où cela ?

– Je ne sais pas.

– Celui qui est dans la malle, montrez-le-moi !

Slake me jeta un regard en coin.

– Je n'en ai pas le droit. Zenobia a décrété que seul Thomas Ward pourrait le voir.

– Alors, gardez bien la malle jusqu'à ce que le garçon revienne ici ! Vous dites qu'il doit venir bientôt. Est-ce urgent ?

– Il doit être là bien avant Halloween. Sinon il sera trop tard.

– Il est en effet urgent de détruire le Malin, approuvai-je. Mais pourquoi justement *cet* Halloween ? Qu'a-t-il de particulier ?

– Ces fêtes sont liées à un cycle. Les plus propices ont lieu tous les dix-sept ans. En octobre, cela fera trente-quatre ans – deux fois dix-sept – que Zenobia a aborné le Malin.

– Alors, nous n'avons plus que...

Slake hocha la tête.

– Oui, il nous reste peu de temps.

Sans le kretch et les autres à nos trousses, j'aurais gagné directement Chipenden et j'aurais ramené Tom Ward pour qu'il entame aussitôt les recherches. Or, je ne pouvais lui faire courir un tel danger.

Il me fallait d'abord anéantir mes ennemis. Le délai était court, le mois d'avril s'achevait.

Quand vint le moment de partir, je montai sur le chemin de ronde, le sac de cuir à la main, flanquée de Thorne et de Slake. De là, j'observai la ligne noire des arbres, à la lisière du bois. De lourds nuages assombrissaient le ciel, une brise légère soufflait de l'ouest. L'obscurité serait favorable à notre fuite. Je reniflai rapidement trois fois.

Je ne perçus ni le kretch ni le mage ; cependant, une sorcière était tapie par là, sans doute une espionne. J'allais lui donner matière à rapporter !

Je dénouai le cordon du sac et soulevai la tête du Malin, sa face tournée vers l'endroit où la moucharde se cachait.

– Ça sent le sang de sorcière ! lançai-je. On ne tient donc aucun compte de mes avertissements ? Le châtiment retombera sur toi, et sur toi seule ! Imagine les tortures que le Malin inventera pour te faire payer *ça* !

Sur ces mots, je tirai un poignard et m'apprêtai à le plonger dans l'œil intact de la tête. Un cri d'effroi monta des arbres, suivi par un bruit de course diminuant à mesure qu'elle s'éloignait.

Je crachai au visage du Malin.

– Pour le moment, tu vas conserver l'unique œil qui te reste, lui dis-je avant de le remettre dans le sac.

Remerciant Slake, Thorne et moi quittâmes alors la tour. La lamia ne cachait pas sa tristesse. Elle avait partagé la vie de sa sœur pendant des siècles et se trouvait désormais seule.

Nous nous échappâmes par le tunnel. Personne ne nous attendait à la sortie, aussi nous prîmes la route du nord, longeant la colline de Pendle et contournant la Combe aux Sorcières. Une sorcière morte ne se ranime que lorsque la lumière de la pleine lune tombe pour la première fois sur sa fosse recouverte de feuilles. Il s'en fallait encore de quelques nuits, sinon j'aurais pénétré dans la combe pour saluer Agnès Sowerbutts.

Après le village de Downham, nous tournâmes vers l'ouest, descendant la colline en direction de Clitheroe. Aucune lumière ne brillait dans la ville, mais un feu rougeoyait sur les remparts du château.

Soudain, des éclairs jaillirent au coin de mes yeux. Cette fois, plusieurs minutes s'écoulèrent avant la manifestation des autres symptômes.

Je perdis l'équilibre, chancelai et tombai à genoux. Une douleur violente me déchira la poitrine, le souffle me manqua. Thorne tenta de me relever.

Je la repoussai par ces mots :

– Non, fillette, laisse-moi ! Ça va passer.

Il me fallut cependant une longue heure avant que le monde cesse de tourner autour de moi, et qu'une Thorne blême d'angoisse réussisse à me remettre sur mes pieds. Il aurait été préférable que je me repose avant de pénétrer dans les ruines de la ville, mais nous ne pouvions attendre. Mes ennemis ne seraient pas longs à flairer la direction que j'avais prise ; bientôt, le kretch serait de nouveau sur nos traces.

Respirant avec peine, je conduisis Thorne vers les faubourgs. Les bâtiments qui entouraient le château étaient plongés dans l'ombre, ce qui permettait aux voleurs de s'y tenir embusqués. Je fis halte et m'agenouillai sur l'herbe. D'un signe, j'ordonnai à ma compagne de s'accroupir près de moi.

– Selon les rumeurs, Clitheroe serait occupé par plusieurs bandes, lui dis-je. Le groupe le plus fort tient le château, les autres s'abritent comme ils peuvent dans les ruines.

– Je suis sûre qu'ils se chamaillent et se battent entre eux, fit observer Thorne.

– Oui, et c'est tout à notre avantage, car ils sont incapables de lutter ensemble efficacement.

Trois reniflements m'apprirent que la partie basse de la ville était sans danger, il ne s'y trouvait que quelques hommes endormis. Nous passâmes avec précaution entre les premiers bâtiments avant de nous aventurer dans les rues étroites encombrées de débris. Presque toutes les toitures étaient effondrées. L'endroit puait la crasse et la pourriture. Nous nous engageâmes sur les voies en pente menant au château sans être repérées, et atteignîmes enfin le premier mur d'enceinte. Il n'y avait pas de douves, et le portail était ouvert. À l'extérieur, un homme assis sur un banc se chauffait à un feu de charbon. Il sauta sur ses pieds, stupéfait, en me voyant apparaître.

Puis une silhouette volumineuse sortit de l'ombre derrière lui.

– Hé, les gars, cria le gros homme. Une femme ! C'est un cadeau du ciel !

Je souris largement, dévoilant mes dents taillées en pointe. Il grimaça, l'air dépité.

– Il y a un vieux dicton : «À cheval donné on ne regarde pas la bouche.» Mais mieux vaut savoir à quoi s'en tenir.

– Oui, approuvai-je d'une voix douce. Nous sommes un cadeau de l'Enfer.

Thorne se plaça près de moi et tira deux poignards.

– Vous n'êtes que des hommes, raillai-je en sortant mes propres lames. Quelles chances auriez-vous contre nous ?

J'espérais les pousser à l'imprudence. Je sentais que d'autres se cachaient non loin de là.

Le gros pointa sa lourde lance sur nous, tandis que quelques brigands surgissaient des coins sombres pour se rassembler derrière lui. Ils formaient un groupe compact et brandissaient des armes diverses. Certains semblaient être d'anciens soldats, sans doute des déserteurs, car la guerre durait encore au sud du Comté. L'un d'eux portait même un uniforme en haillons orné d'épaulettes rouges. J'en comptai neuf en tout, le gros étant visiblement leur chef.

– Reste à côté de moi, fillette, et surveille mes arrières, chuchotai-je à l'oreille de Thorne. Je vais tuer le porteur de lance en premier.

Je courus droit sur lui. Il était grand et massif mais balourd, je parai aisément son coup de lance. Quand ma lame trouva son cœur, un étonnement douloureux lui écarquilla les yeux. Il s'effondra à mes pieds. Thorne en tua deux tandis que je m'employais à faire autant de blessés que possible. J'avais tué leur chef, cela me suffisait. Je voulais seulement les chasser du château. Ils eurent vite fait de prendre la fuite, plus ou moins ensanglantés.

– Maintenant, dis-je, aux remparts !

Ayant pénétré dans le château, nous grimpâmes l'étroit escalier en colimaçon, tous nos sens en alerte. Le chemin de ronde paraissait désert, mais le feu brûlait toujours, et je flairais une présence : un homme jeune.

Était-il en embuscade ? En approchant du feu, je compris qu'il en aurait été bien incapable. Il gisait dos au mur, bâillonné et ficelé de la tête aux pieds. Il n'avait pas plus de quinze ans. Je m'agenouillai près de lui ; il tressaillit quand je coupai ses liens et fixa sur moi un regard terrifié.

Je remis ma lame au fourreau avant de l'asseoir et de le libérer de son bâillon. Il avait le visage sale et tuméfié, l'œil droit enflé. En dépit des mauvais traitements subis, ses yeux bleus et ses cheveux blonds lui donnaient belle apparence.

– Comment t'appelles-tu, petit ? demandai-je.

Il tressaillit de nouveau au son de ma voix, sans doute épouvanté par mes dents affûtées.

Même si je ne lui voulais aucun mal, son effroi n'était pas sans me causer quelque satisfaction. J'aime inspirer la terreur et le respect.

– W... Will, balbutia-t-il.

– Eh bien, Will, qu'est-ce qui t'a mis dans ce triste état ?

– Mon père est chevalier. J'ai été enlevé par ces bandits, qui ont massacré les gens de mon escorte. Ils réclament une rançon, que mon père ne peut leur verser. Les terres qu'il possède sont cultivées par de pauvres fermiers, et il n'a que peu d'argent. Demain, ils me couperont un doigt pour le lui envoyer.

– Tes parents doivent être terriblement inquiets.

– Ma mère est morte il y a trois ans. Elle a été emportée par la peste qui a ravagé les territoires du Nord. Mais, oui, mon père tient beaucoup à moi.

– Eh bien, te voilà libre de retourner chez toi, petit ! Néanmoins, quitter cette place forte ne paraît pas une bonne idée pour le moment. Il y a en bas des individus qui te sauteraient dessus pour te trancher la gorge. Où habites-tu ?

— Au nord, à la frontière du Comté. À cinq jours de marche, pas plus.

— Ton père sait-il que tu es retenu captif ici ?

— Je le pense. Seulement, ils lui ont dit qu'ils me tueraient si lui ou ses hommes tentaient de me récupérer.

J'examinai le portail ouvert, au bas des remparts. Un groupe armé s'était rassemblé devant et regardait vers nous. À cette heure, les brigands allaient fermer les portes et repousser quiconque serait assez fou pour essayer d'entrer.

— Reste ici avec le garçon, ordonnai-je à Thorne.

Je descendis l'escalier, traversai la cour en enjambant les trois cadavres que nous avions laissés derrière nous. Avec de tels hommes, discuter serait une perte de temps. Malgré la mort de leur chef, je ne doutais pas qu'ils attaqueraient avant l'aube avec la témérité des ivrognes. J'avais cependant le moyen de les effrayer. Aussi, sans ralentir, je touchai les os accrochés à mon collier et déclamai une formule à mi-voix.

Je regrettais d'avoir à puiser dans mes réserves de magie, dont j'aurais grand besoin plus tard. Mais je voulais créer une illusion, une technique que je maîtrisais parfaitement, ce qui me coûterait d'autant moins d'énergie. Il s'agissait d'un sort dit d'*horrification*, et les bandits écarquillèrent les yeux de terreur :

à cet instant, mon visage leur paraissait démoniaque, et ils voyaient mes cheveux transformés en
serpents remuer leurs langues bifides en se tordant
sur ma tête.

Ils avaient tourné les talons avant que j'aie atteint
le portail. Je le fermai et saluai par de grands rires
leur fuite affolée. Comme il n'y avait plus de serrure,
je marmonnai un nouveau sort pour le verrouiller.
Ça ne résisterait pas au kretch ni à une bande de
sorcières déterminée, mais ça tiendrait un moment.
D'ailleurs, la bête était trop grosse pour s'introduire
dans l'étroit escalier montant aux remparts, et les
autres seraient faciles à tuer une par une à mesure
qu'elles grimperaient.

Cela fait, je retournai au château. Je m'attendais
à voir le kretch surgir avant l'aube.

12

Le Grand Ver

Quelle que soit la proie que je chasse, je finirai par la tuer.
Si elle est faite de chair, je la tailladerai.
Si elle respire, je lui ôterai le souffle.

Nous ne dormîmes pas cette nuit-là. Je restai vigilante, flairant sans cesse l'obscurité, guettant le moindre danger. En revanche, nous ne fûmes pas tourmentés par la faim. Il y avait sur les remparts des bêtes fraîchement tuées. Nous fîmes rôtir à la broche la moitié d'un cochon, que nous partageâmes entre nous trois. Mais je savais qu'à partir de ce moment nous devrions rationner la nourriture et nous préparer à un siège. Il était difficile d'estimer la durée de notre séjour en ces lieux.

Le garçon était nerveux et taciturne, ce qui ne lui coupait pas l'appétit. Il écoutait notre conversation en silence, avec une profonde attention, même si la terreur altérait encore son visage. Son regard était constamment attiré par le sac de cuir, qui semblait exercer sur lui une véritable fascination. Sans doute était-ce dû aux étranges bruits qui s'en échappaient parfois. Malgré la grosse pomme bardée de ronces, le Malin émettait de temps à autre de faibles grognements ou des sortes de sifflements, comme s'il soupirait.

– Eh bien, Thorne, demandai-je, as-tu continué à t'entraîner en mon absence ?

Elle me sourit.

– J'ai répété quotidiennement le mantra que vous m'avez enseigné : « Je suis la meilleure, la plus forte, la plus redoutable », chuchota-t-elle. Je finirai par le croire. C'est devenu vrai pour vous ; un jour, ce sera vrai pour moi.

– Et tu as pratiqué le maniement des armes ? repris-je avec un coup d'œil à Will, amusée par l'éclair d'effroi qui passa dans ses yeux.

Elle hocha la tête tout en avalant une bouchée de viande avant de poursuivre :

– Je me suis entraînée au lancer de couteau. Jusqu'à ce que j'aie atteint la plénitude de mes forces,
je continuerai de tuer à distance. Quand je serai plus
grande, plus robuste, je m'approcherai. Vous m'avez
enseigné ça aussi.

– C'est la sagesse même. Tu écoutes ce que je dis
et tu agis en conséquence. Je n'aurais pu souhaiter
une meilleure élève !

– Vos propres débuts n'ont pas été si faciles, fit
remarquer Thorne, heureuse de recevoir des félicita-
tions, ce que je lui accordais rarement.

– C'est vrai.

– Racontez-moi encore. Je suis sûre que ça inté-
ressera le garçon, hein, Will ?

Il opina du chef, soucieux d'acquiescer à tout ce
qu'elle dirait.

– Alors, pourquoi ne racontes-tu pas l'histoire
toi-même ? suggérai-je. Tu l'as entendue si souvent,
tu dois la connaître par cœur, à présent.

– Pourquoi pas ? fit-elle en haussant les épaules.

Puis elle se tourna vers Will.

« Pour commencer, tu dois savoir que la tueuse
du clan Malkin est habituellement choisie au cours
d'un combat singulier. Les concurrentes affrontent
la détentrice du titre dans une lutte à mort. Celles
qui espèrent prendre sa place ont d'abord suivi une
période d'intense entraînement. Lorsque Grimalkin

décida de devenir la tueuse des Malkin, l'année de préparation était déjà bien entamée. Elle rejoignit les deux autres, qui s'entraînaient déjà depuis six mois. Il ne restait donc que six mois avant le jour choisi pour la compétition, un temps bien court pour acquérir les bases nécessaires.

« La première journée fut désastreuse. Les deux autres candidates étaient nulles, vouées à être tuées par Kernolde, qui était alors la tueuse des Malkin. Plus les heures passaient, plus Grimalkin s'ennuyait. Assise par terre, elle écoutait Grist Malkin, leur entraîneur, discourir sur le combat à l'épée, étalant sa bêtise et son ignorance. Derrière lui se tenaient deux des plus laides vieilles biques de notre clan, toutes deux sorcières, couvertes de verrues et le menton plus hérissé de poils que le cul d'un hérisson ! »

Thorne émit un rire de gorge. Will eut un sourire crispé et s'empourpra jusqu'à la racine des cheveux.

« Ces vieilles étaient là pour s'assurer qu'aucune des apprenties ne ferait usage de magie contre Grist Malkin, reprit Thorne. Enfin, peu avant le crépuscule, Grimalkin exprima ce qu'elle pensait jusqu'alors en silence. À bout de patience, elle sauta sur ses pieds. »

À mon grand amusement, Thorne bondit elle aussi et joua mon rôle en apostrophant Will comme s'il avait été l'entraîneur :

«Grist, vous êtes un imbécile. Vous avez exercé avant nous vingt-sept candidates, qui ont toutes été vaincues. Que sauriez-vous nous enseigner d'autre que la défaite et la mort?»

Elle y avait mis tant de véhémence que Will esquissa un mouvement de recul.

Elle se rassit pour conclure:

«Il en resta muet et la fixa avec un rictus de colère. Il avait une carrure d'ours et dépassait Grimalkin d'une tête. Mais elle soutint son regard avec le plus grand calme, pas impressionnée pour un sou. Ce fut lui qui détourna les yeux. Au fond de lui, il était terrifié, même s'il tâchait de ne pas le montrer. "Ne me provoque pas, petite insolente, aboya-t-il. Un peu de respect! Mes conseils pourraient te sauver la vie..." Il se mit à tourner lentement autour de Grimalkin. Soudain, il l'empoigna dans une étreinte digne d'un grizzli, qui chassa tout l'air de ses poumons. Une douleur aiguë la transperça: une de ses côtes s'était brisée. Il la jeta à terre, persuadé que l'affaire était entendue.

«Mais que fit Grimalkin? Est-elle restée là à gémir de douleur? Non! Elle bondit sur ses pieds et lui brisa le nez d'un coup de poing. Le choc le fit vaciller. Ensuite elle se battit comme une tueuse en le tenant à distance, car il ne faut jamais s'approcher d'un adversaire plus grand que soi. La bataille fut vite achevée. Chacun de ses coups portait, vif et précis. Grist Malkin eut bientôt un œil fermé. La seconde d'après, le sang coulant de son front ouvert inondait son autre œil. Grimalkin le faucha derrière les genoux, et il tomba lourdement. Je pourrais te tuer, à présent, cracha-t-elle. Mais tu n'es qu'un homme, ça n'en vaut pas la peine.»

Thorne eut un sourire sarcastique.

– Tu verrais Grist maintenant ! Il a pris sa retraite à la fin de cette année-là, et il est devenu gros et gras. Cette confrontation l'avait achevé.

Elle reprit le cours de son récit :

«Grimalkin fut donc obligée de s'entraîner seule. Certes, elle connaissait déjà les secrets de la forêt et l'art de forger des armes. Elle travailla avec acharnement. Pour renforcer son corps et gagner en endurance, elle se nourrissait bien et nageait quotidiennement, en dépit du froid mordant de cet hiver-là, le pire depuis de longues années. Elle se forgea les meilleures lames, qu'elle portait dans des fourreaux accrochés à des lanières croisées autour de sa poitrine. Puis, dans une forêt, tout au nord du Comté, elle affronta une meute de loups. Ils la cernèrent en grondant, rétrécissant peu à peu leur cercle. Elle voyait la mort danser dans leurs yeux affamés. Elle tenait un couteau dans chaque main. Quand un premier loup lui sauta dessus, sa lame lui trancha la gorge. Le deuxième mourut de la même façon. Elle tira alors sa longue épée et attendit le troisième assaut. Aussi aisément qu'on décapite un pissenlit d'un coup de badine, elle trancha la tête de l'animal. La meute battit en retraite ; elle laissait derrière elle sept cadavres dont le sang rougissait la neige.

« Le moment d'affronter Kernolde approchant, elle regagna Pendle. La tueuse abattit les deux premières candidates en moins d'une heure sans même verser une goutte de sueur. Vint enfin le tour de Grimalkin. »

– Si vous êtes aussi fortes et aussi braves, l'interrompit Will, pourquoi avoir cherché refuge dans ce château ? Mon père est plus courageux que vous !

Nous fixâmes le garçon avec surprise. Du coin de l'œil, je vis la colère tirer les traits de Thorne. Je posai une main sur son épaule pour la calmer – car quel fils douterait du courage d'un père qui a toujours été bon pour lui ? – et je souris au garçon sans dévoiler mes dents.

– Ton père est brave, j'en suis sûre ; c'est un chevalier. Les ménestrels chantent-ils ses hauts faits ?

– Oh oui ! Il a vaincu bien des adversaires, mais son plus grand exploit a été de tuer le Grand Ver qui assiégeait notre château.

– Les vers existent ? s'étonna Thorne. Je croyais qu'il s'agissait de contes pour effrayer les enfants.

– Ils existent bel et bien, affirmai-je. Les vers sont des créatures dangereuses recouvertes de dures écailles et munies de crocs puissants. Certains ont de longues queues reptiliennes, qu'ils enroulent autour de leurs victimes pour les étouffer. Ils s'abreuvent habituellement du sang des bêtes, mais dévorent les humains tout entiers, chair et os compris. On en trouve peu dans le Comté, et je n'en ai vu qu'un seul. Il était tapi dans les hautes herbes, sur la rive d'un lac. Je me suis approchée par curiosité. Il a aussitôt glissé dans l'eau et s'est éloigné rapidement. Il avait à peu près la taille d'un chien.

Toutefois, d'après ce que j'avais entendu dire, certains pouvaient être beaucoup plus impressionnants. J'interrogeai donc le garçon :

– Tu l'as appelé le Grand Ver. Était-il particulièrement gros ?

– Le plus gros qu'on ait jamais vu, plus gros qu'un cheval. Mon père s'est fait fabriquer une armure spéciale, hérissée de piques effilées. Quand le ver s'est enroulé autour de lui, il a été transpercé. Mon père l'a réduit en pièces avec son épée.

Cette fois, je souris en montrant mes dents, et il tressaillit.

– Tu dis que ton père est un chevalier sans richesses. Combien d'hommes a-t-il à son service ?

– Quelques-uns seulement, mais bien entraînés, dont huit maîtres archers particulièrement adroits à l'arbalète.

Cette information me plut. Un chevalier à l'armure ornée de piques et des archers habiles viendraient aisément à bout du kretch.

– Écoute, petit ! repris-je. Je suis brave, et Thorne l'est aussi. Nous avons cherché refuge derrière ces murs parce que nous sommes poursuivies par des ennemis redoutables. Cela ne m'empêcherait pas de les affronter si, par magie noire, ils n'avaient conçu une créature effroyable, mi-homme mi-loup. Tant que je n'aurai pas trouvé le moyen de la détruire, j'aurai besoin d'un abri tel que celui-ci. Toutefois, le château de ton père serait plus sûr. De plus, lui et ses archers pourraient m'aider à détruire mes ennemis. Si je te permets de regagner sain et sauf ta maison, crois-tu qu'il nous donnerait asile ? Joindrait-il ses talents de guerrier aux nôtres pour nous assurer la victoire ?

– Oui, s'écria Will, les yeux brillants. Ramenez-moi, et je vous promets son appui !

Je me tournai vers Thorne.

– Nous avons choisi ce refuge faute de mieux. Défendre cette place forte serait une rude tâche, car les serviteurs du Malin pourraient nous assiéger et nous affamer pendant des semaines. La chance de gagner un lieu sûr se présente. Ce sera dangereux, mais une fois arrivées, nous y serons bien plus en sécurité qu'ici. Qu'en penses-tu ?

Thorne ayant donné son assentiment, je fixai le garçon dans les yeux.

– Même si nous te sauvons, nous serons toujours des sorcières, craintes et haïes par beaucoup de gens, surtout les hommes. Rien ne nous garantit que le père honorera les promesses du fils.

– Je vous donne *ma* parole, répliqua-t-il. Mon père est un homme d'honneur, il se sentira lié par ce que j'ai promis.

Je fis un rapide raisonnement. Le garçon obtiendrait-il vraiment cela de son père ? C'était possible. Les chevaliers – comme tous les humains – avaient des caractères différents. Certains étaient bons, d'autres mauvais, tandis que la majorité oscillait entre les deux. Cependant, la plupart respectaient les codes de la chevalerie. Ils plaçaient l'honneur au-dessus de tout et tenaient parole. Je regardai le portail, en bas. Le kretch arriverait bientôt. En dépit de ma magie, il finirait par arracher les portes de ses gonds. Les serviteurs du Malin passeraient alors à l'attaque. Nous les tiendrions en respect un moment. Puis d'autres viendraient, appelés des confins de la terre. Et nous serions vaincues.

Je dormis un peu, laissant Thorne veiller. Un murmure m'éveilla, et j'ouvris un œil.

Thorne et Will étaient assis côte à côte, presque épaule contre épaule, et ils discutaient à voix basse avec animation, perdus dans leur propre monde. C'était la première fois que je voyais Thorne s'intéresser à un garçon. Mais elle était à l'âge où cela devait arriver. À l'évidence, ils se plaisaient, et cela me rappela ma première rencontre avec le Malin. J'étais jeune, je n'avais pas plus de seize ans. Bien sûr, j'ignorais de qui il s'agissait. Je venais de dépasser une chapelle en ruine, l'un de ces bâtiments abandonnés par l'Église à cause de la raréfaction de la population ; l'évêque avait désacralisé les lieux dix ans plus tôt, et le petit cimetière n'était plus qu'un champ en friche parsemé de tombes vides. Un jeune homme me regardait, debout dans l'ombre. Je me préparai à lancer un sort mineur – rien de bien méchant –, un de ceux qui lui auraient tordu les boyaux ou donné une brusque nausée. Ce qu'il fit alors ôta de mon esprit toute pensée de ce genre.

Il me sourit.

Personne ne m'avait jamais adressé pareil sourire, si chaleureux, si aimable. Il était beau, grand – j'ai toujours aimé les hommes de belle taille –, et avant que la nuit soit achevée, nous étions dans les bras l'un de l'autre.

Ce fut Agnès Sowerbutts qui me ramena à la sagesse. J'avais été en compagnie du Diable, me révéla-t-elle. J'eus d'abord du mal à le croire. Ce beau jeune homme si tendre, qu'avait-il de commun avec la créature bestiale qui apparaissait dans les flammes à la fête d'Halloween ? Et comment avais-je pu me montrer folle au point de succomber si facilement à ses charmes ? J'étais aussi contrariée que dégoûtée, car je haïssais le Malin. Quand je finis par accepter la vérité, je sus que faire : porter son enfant et me libérer à jamais de lui.

J'observais Thorne bavarder gaiement avec son nouvel ami. Elle ne savait pas que je la regardais, sinon elle ne se serait pas tenue si près de lui.

Fillette naïve, tu ne sais donc pas que la plupart des hommes ont le fond mauvais ?

Je me gardai bien de prononcer cette phrase à voix haute. Il faut saisir le bonheur quand il passe. Je ne voulais pas lui gâcher ces doux moments.

Les nuages s'étaient dispersés, et le ciel s'éclaircissait rapidement à l'est. Le soleil ne tarderait pas à se lever. Mieux valait partir tant qu'il restait encore un peu d'obscurité.

– Eh bien, petit, annonçai-je soudain, en remerciement de ce que tu nous as promis, nous te ramenons au château de ton père !

Thorne et Will tressaillirent tous deux à cette interruption inattendue. D'un mouvement vif, presque coupable, ils s'écartèrent l'un de l'autre. Nous nous levâmes, et une fois de plus, je montrai mes dents au garçon.

– Reste entre nous deux à chaque instant et obéis sans discuter. C'est clair ?

Will acquiesça et, balançant le sac de cuir sur mon épaule, je m'engageai dans les escaliers. Thorne fermait la marche. Nous allâmes droit au portail. Je marmonnai une formule pour annuler le sort qui le tenait fermé et l'ouvris. Étions-nous épiés ? Je reniflai rapidement, et mes narines furent assaillies par les relents de peur, d'ivrognerie et de bravade. Les bandits n'étaient pas encore prêts à attaquer. Ils étaient trop occupés à se soûler pour garder la porte.

Je partis vers le nord au pas de course, suivie par les deux autres. Nous entrâmes bientôt dans un labyrinthe d'étroites ruelles sombres. La plupart étaient désertes, mais au coin de l'une d'elles, nous heurtâmes un poivrot dont la bouche s'arrondit de surprise. Je le repoussai, et il tomba lourdement au seuil d'une maison tandis que nous filions.

C'est alors que je la sentis.

Cette puanteur était reconnaissable entre toutes. Le kretch était dans la ville.

13

Parole d'honneur

À qui dîne avec le Diable, il faut une longue cuillère.
À qui marche avec une sorcière,
il convient de rester à distance.

Je m'immobilisai et reniflai de nouveau. La créature arrivait par le sud, elle était sur nos traces.

Thorne renifla elle aussi et dit en souriant :

– Il va d'abord tomber sur les bandits. Ça va être intéressant. Ils vont faire dans leur pantalon !

Nous repartîmes. Bientôt, un rugissement bestial s'éleva derrière nous, suivi de cris de peur et de colère. Si les ivrognes n'avaient aucune chance contre nos ennemis, ils les ralentiraient un peu.

Je jetai un coup d'œil au garçon. Il haletait, épuisé par la course. Sa captivité l'avait affaibli.

Je fis halte, tendis le sac à Thorne et empoignai notre jeune compagnon. Il eut un mouvement de recul, mais ne résista pas quand je le balançai sur mon épaule. Nous continuâmes vers le nord, à un rythme un peu plus modéré. Je n'avais pas eu de nouvelle crise, néanmoins, je ne jouissais pas de ma forme habituelle. J'avais beau tenter d'ignorer mes inquiétudes, elles me titillaient comme une dent gâtée. Je m'efforçai à l'optimisme. Jusqu'à présent, mes poussées de faiblesse ne s'étaient pas produites à des moments de danger. En dépit des craintes d'Agnès sur les séquelles permanentes dont je souffrirais, j'espérais encore me remettre tout à fait.

À la fin de la matinée, notre course se changea en marche rapide. Nous avions distancé le kretch, même s'il restait certainement sur nos traces. Maintenant, une nouvelle difficulté se présentait. Nous suivions un chemin de terre traversant une vallée encaissée entre deux basses collines, sans arbres. À deux reprises, j'aperçus des silhouettes sur les crêtes. On nous observait.

Je m'arrêtai pour remettre Will sur ses jambes.

– À combien sommes-nous du château, petit ?

– Moins d'une heure.

Il désigna les collines.

– Les hommes de mon père nous font déjà escorte.

– Je les ai vus. Ils ont dû envoyer des messages annonçant que tu es en compagnie de sorcières.

Dix minutes plus tard, un nuage de poussière s'éleva à l'horizon. C'était un homme à cheval qui galopait droit sur nous. Je flairai en lui de l'inquiétude, mais aucune peur.

– C'est mon père ! s'exclama Will tandis que le cavalier approchait.

Le chevalier montait une jument pommelée. Sans casque, revêtu d'une cotte de mailles légère, il portait une épée à la hanche et un bouclier sur l'épaule. Arrêtant sa monture en travers du chemin, il tira son épée.

– Reculez, et laissez mon fils avancer ! ordonna-t-il.

C'était un homme d'âge moyen, un peu corpulent. Il ne représentait aucune menace réelle, ni pour Thorne ni pour moi. Mais s'il n'avait plus la force physique de la jeunesse, il en avait gardé la vaillance. Peu d'hommes oseraient affronter deux sorcières avec une simple lame !

– Il est libre de ses mouvements, lançai-je. Baissez votre épée !

– N'essaie pas de me commander, sorcière ! répliqua-t-il.

– Elles m'ont libéré, père, plaida Will. C'est grâce à elles que j'ai échappé à mes ravisseurs. Elles sont poursuivies, et je leur ai offert l'abri de notre maison. Je leur ai promis que vous les aideriez à combattre les redoutables ennemis qui sont à leurs trousses. J'ai donné ma parole.

La contrariété crispa le visage du chevalier. À l'évidence, c'était un homme honnête, mais les engagements pris par le garçon ne semblaient pas lui plaire. Néanmoins, il remit l'épée au fourreau.

– Soyez remerciées d'avoir sauvé mon fils. En cela, je suis votre débiteur. Mais vous me mettez dans l'embarras. Je suis un homme qui craint Dieu. Les fidèles se réunissent dans la chapelle de mon château chaque dimanche. L'évêque en personne vient deux fois l'an bénir l'autel et prier pour les malades. Mon chapelain sera scandalisé.

La voix de Will monta dans les aigus :

– Ma parole d'honneur, père ! J'ai donné ma parole !

Le chevalier hocha la tête.

– Ce qui est donné est donné. Je vais chevaucher avec mon fils. En allant tout droit, vous atteindrez ma maison. Les portes s'ouvriront à votre arrivée. Je suis messire Gilbert Martin. Comment vous nommez-vous ?

– Voici Thorne. Je m'appelle Grimalkin.

Une ombre de peur passa dans son regard, et je

me réjouis de constater que ma notoriété m'avait précédée. La crainte le rendrait plus coopératif.

– Pars, petit, dis-je à Will. Nous vous rejoindrons.

Sur ces mots, le garçon s'élança. Son père se pencha, l'attrapa par le bras et le hissa derrière lui. Puis, sans autre commentaire, ils filèrent au galop.

– Vous croyez qu'ils nous laisseront entrer au château ? demanda Thorne.

Je haussai les épaules.

– J'ai quelques doutes. Nous saurons bientôt quel prix cet homme attache à l'honneur. Mais ce qui nous attend devant est préférable à ce qui vient derrière.

Nous suivîmes donc la route poussiéreuse jusqu'à ce que le château apparaisse, sur l'autre rive d'une rivière tumultueuse. C'était une fortification modeste, dotée d'un unique donjon intérieur. Elle était néanmoins entourée de douves et dotée d'un pont-levis, surplombé par une tour de défense crénelée. Autour du château s'étendaient les terres cultivables, parsemées de petits cottages. On ne voyait cependant personne travailler aux champs. Je remarquai les murs noircis de deux habitations qui avaient brûlé. La guerre n'avait pas épargné cette région reculée du Comté.

Nous franchîmes la rivière à gué, de l'eau jusqu'aux genoux. Pour la plupart des sorcières, il est impossible de traverser une eau courante. Une tueuse y parvient grâce à sa magie et à une résistance physique acquise au cours des années. Thorne, bien que peu entraînée, passa courageusement, grimaçant de douleur, agrippée à mon bras.

Devant le premier cottage, un coup d'œil à travers les carreaux confirma mes soupçons. Un repas à peine entamé était abandonné sur la table. Les occupants avaient quitté les lieux en grande hâte. En ces temps hasardeux, les sujets, les ouvriers et les serviteurs d'un chevalier trouvent refuge dans l'enceinte de son château. Quel danger avaient-ils fui ? Nous ne tarderions pas à le savoir.

En approchant, je vis qu'on nous surveillait du haut des remparts. Il y eut un choc sourd suivi d'un grincement de chaînes, et le pont-levis s'abaissa lentement. Mais, quand nous nous y engageâmes, la herse, et derrière elle la porte massive bardée de fer, restèrent fermées.

Puis une voix nous interpella. Ce n'était pas celle du chevalier. Un reniflement m'apprit que le bonhomme était un hâbleur, de l'espèce qui tue de sang-froid et fait de la violence son mode de vie.

– Videz vos fourreaux ! cria-t-il. Déposez vos armes à vos pieds !

Je secouai la tête.

– Mes lames, je les conserve à portée de main !

Je reniflai encore : les gardes étaient en état d'alerte
– et donc dangereux –, mais disciplinés. Ils attendaient les ordres, et ils obéiraient.

Il n'y eut pas de réponse. Seul un murmure venu
d'en haut m'apprit qu'ils débattaient de mon refus.
Quelques secondes plus tard, les chaînes cliquetèrent
de nouveau, et la herse commença à remonter.

Thorne me chuchota à l'oreille :

– C'est peut-être un piège.

J'acquiesçai en silence. Pouvions-nous accorder
notre confiance à ce chevalier ? Je reniflai une troisième fois – longuement – cherchant à lire ce que
nous réservait l'avenir, en particulier s'il y avait une
menace de mort. J'appris que Thorne ne mourrait
pas ici. De cela au moins, j'étais sûre.

La lourde porte de bois s'ouvrit en criant sur
ses gonds. Au-delà, il y avait une deuxième herse.
Le chevalier se tenait dix pas derrière, toujours
revêtu de sa cotte de mailles, mais sans épée. Il nous
fit signe d'approcher. Nous franchîmes donc le
seuil, avançant de quelques pas. La première herse
s'abaissa derrière nous.

– Bienvenue chez moi, déclara messire Gilbert
d'un ton courtois. Entre ces murs, je ne porte pas
d'arme et je vous prie d'en faire autant. Sortez vos
lames et déposez-les à vos pieds !

– Vos coutumes ne sont pas nos coutumes, répliquai-je. J'ai pour habitude de garder mes armes à portée de main à tout instant.

– Je vous accorde asile ; que ce soit selon les termes par moi décidés.

Je tirai un couteau de jet et le pointai vers lui. À peine avais-je esquissé ce geste de menace que deux archers se plaçaient face à moi, leurs flèches prêtes à siffler entre les barreaux de la herse. À ma gauche et à ma droite, des meurtrières s'ouvraient dans les murs. Nous étions cernées sur trois côtés. Les traits lancés par des arbalètes sont rapides et puissants, capables de transpercer l'acier d'une armure. En dépit du danger, je conservai mon calme, analysant la situation et pesant les différents choix.

– Avant qu'une flèche m'atteigne, menaçai-je, ma lame sera dans votre cou.

C'était vrai. Le tuer m'aurait été aussi facile que de chasser une mouche d'un revers de main. Il était à une seconde de la mort. Nous pouvions aussi abattre les deux archers derrière nous. Pour les hommes postés aux meurtrières, c'était moins sûr. Et même si nous y réussissions, nous serions prises au piège dans cette entrée, entre deux herses fermées, sans aucun espoir de fuite.

– En ce cas, nous perdrions la vie tous les trois, reprit le chevalier. Un gâchis bien inutile ! Vous avez sauvé mon fils, je vous en suis reconnaissant et je tiendrai la parole donnée. Je vous offre un asile derrière ces murs. Un repas et des vêtements propres vous attendent. Déposez simplement vos armes, je vous en prie, et tout ira bien.

Nos yeux se rencontrèrent, et je lus dans son esprit. Il pensait chacun des mots qu'il avait prononcés. Aussi, en réponse, je m'agenouillai et commençai à sortir mes armes pour les déposer à terre. Après une brève hésitation, Thorne fit de même. Quand je me relevai, messire Gilbert souriait.

– Est-ce là tout ? s'enquit-il. Me donnez-vous votre parole qu'il n'y a pas de lame cachée dans ce sac qui pend à votre épaule ?

– Il ne contient pas d'armes, je vous en donne ma parole.

– Que renferme-t-il ?

– Un objet qui doit demeurer à ma portée à tout instant. Si vous le voulez, je vous le montrerai plus tard. Vous souhaiterez alors ne l'avoir jamais vu.

Le chevalier leva la main, et les archers s'écartèrent tandis que la herse remontait. D'un geste, il nous invita à le suivre, et nous pénétrâmes dans la cour du château. Sur la gauche, dans le vaste espace au-delà de la tour intérieure, les gens du domaine étaient rassemblés avec leurs familles. Ils cuisinaient sur des braseros, entourés de moutons, de vaches et de chèvres. Ils avaient visiblement amené leur bétail à l'abri des murailles.

On voyait peu de soldats, mais les huit archers étaient toujours postés devant le portail, leurs flèches remises au carquois. Je remarquai, un peu plus loin, un individu portant la robe noire des prêtres. Il nous observait, les sourcils froncés. Celui-là ne semblait pas disposé à nous accueillir à bras ouverts.

Messire Gilbert nous guida vers la tour. Une servante attendait sur le seuil. C'était une forte femme d'âge mûr, vêtue d'une blouse grise, ses cheveux d'un brun terne noués en chignon serré.

– Voici Mathilde, la présenta le chevalier. Elle va vous montrer votre chambre. Quand vous serez lavées et convenablement vêtues, elle vous conduira à la salle des banquets.

Sur ces mots, il s'inclina en souriant et nous laissa.

– Par ici, je vous prie, dit Mathilde.

Elle se mit à trotter le long d'un corridor. Je notai qu'elle avait évité nos regards, craignant certainement le mauvais œil. Elle ouvrit une porte et s'en fut en hâte.

Thorne écarquilla les yeux de stupéfaction devant le faste de notre logement. Elle qui n'avait connu jusque-là que des taudis de sorcières et des logis de pauvres découvrait une vaste pièce aux murs tendus de tapisseries. On y voyait un chevalier combattant une énorme créature aux longs crocs au milieu d'un cours d'eau. C'était certainement messire Gilbert aux prises avec le ver. La chambre était meublée de deux lits, de deux chaises à haut dossier et d'une table où trônait une grande cruche d'eau. Sur chaque lit était étalée une robe vert pâle.

– Eh bien, vêtons-nous convenablement, dis-je à Thorne avec un sourire. As-tu jamais porté pareils atours ?

Elle secoua la tête d'un air renfrogné.

– Nous avons abandonné nos armes et devons maintenant nous habiller comme de stupides dames de cour. Il n'y a pas d'archers, ici, pour nous contraindre à obéir aux ordres de messire Gilbert. Pourquoi le ferions-nous ?

– Il n'y a pas de mal à observer d'autres façons de vivre, fillette. Chassons la puanteur de nos corps et enfilons pour quelque temps des habits propres. Le kretch sera bientôt là, profitons de ce répit ! En tout cas, ça fera plaisir au garçon de te voir en jolie robe...

Thorne rougit jusqu'à la racine des cheveux, trop embarrassée pour répliquer. Je me détournai donc, détachai les lanières qui retenaient mes fourreaux et les déposai près d'un lit. J'ôtai mes nippes sales et me lavai, laissant Thorne à sa bouderie. Après quoi, je choisis la tenue qui me paraissait à ma taille. Quand je fus prête, Thorne commença à contrecœur ses ablutions. Puis elle me fit face, vêtue de sa robe verte.

– Quelle ravissante jeune personne tu fais, digne de la cour d'un seigneur ! plaisantai-je.

Son visage se tordit de rage et elle fonça sur moi, griffes en avant.

Je reculai d'un pas, un bras tendu pour la repousser.

– Je te taquine, fillette. Ne te fâche pas ! Affiche ton plus beau sourire et tâchons de charmer ce chevalier, pour mieux le plier à notre volonté.

Quand nous quittâmes la chambre, Mathilde nous attendait dans le couloir, nerveuse. Elle nous conduisit à la salle à manger. Elle jetait des regards inquiets au sac de cuir que je tenais de la main gauche. Je la vis frissonner. Peut-être percevait-elle quelque émanation diabolique. Certaines gens sont sensibles à ce genre de manifestations.

La salle, immense, avec un haut plafond à caissons, pouvait accueillir une centaine de convives autour de six longues tables. Une septième au fond, ovale, dressée à l'opposé de la porte, était la seule à être occupée. Deux personnes y étaient assises : messire Gilbert et son fils, tous deux élégamment vêtus de soie bleue, comme il convient à des nobles. Cependant, le père aurait eu meilleure allure en cotte de mailles. Cette tenue soulignait la rondeur de son ventre. C'était un homme parvenu confortablement à la maturité et habitué à une vie aisée.

À notre entrée, tous deux se levèrent en souriant, mais leur regard accompagna le sac de cuir, que je plaçai au pied de ma chaise. Je me demandai où le kretch et les autres alliés du Malin se trouvaient à cette heure.

— Bienvenue, dit messire Gilbert. Asseyez-vous !

Lui et son fils attendirent que Thorne et moi ayons pris place avant de se rasseoir.

Des serviteurs entrèrent et placèrent sur la table des plats de viande et du pain.

— Nous avons à discuter, reprit messire Gilbert. Mais vous devez être affamées. Mangeons d'abord, nous parlerons plus tard.

Au cours du repas, on nous versa de grands verres d'hydromel, auxquels Thorne et moi ne touchâmes qu'avec circonspection. Nous devions garder les idées claires pour négocier avec le chevalier. Il nous avait offert un refuge, mais pour combien de temps ? Beaucoup de choses restaient à décider.

Le dîner terminé, les serviteurs enlevèrent les assiettes mais laissèrent les verres devant nous. Croisant les doigts, messire Gilbert nous regarda tour à tour. Enfin, il prit la parole :

— Une fois encore, je vous remercie d'avoir délivré mon fils et de l'avoir escorté jusqu'ici. Il m'a dit que vous étiez poursuivies par une étrange créature, d'une espèce qui m'est inconnue. J'aimerais en savoir davantage.

— Ça s'appelle un kretch, dis-je. C'est un hybride d'homme et de loup. Il a été créé par magie noire pour me traquer et me tuer. Il est intelligent, féroce, doué d'une force colossale. Il manie les armes, et ses griffes instillent un poison mortel. Sa tête et son poitrail sont protégés par une épaisse ossature, et s'il est blessé, il se régénère de lui-même.

— Par quel moyen peut-on le tuer ?

— Lui arracher le cœur et le détruire par le feu ou le manger suffiraient peut-être. Par prudence, mieux vaudrait le démembrer et le découper en petits morceaux.

— Est-il seul ?

— Il est accompagné d'une troupe de sorcières et d'un mage puissant, un certain Bowker. Leurs forces réunies les rendent redoutables.

— Et que leur avez-vous fait pour qu'ils vous donnent ainsi la chasse ?

J'attrapai le sac et le posai sur la table.

— Je transporte là-dedans la tête du Malin. Il est temporairement entravé, et nous cherchons le moyen de le détruire. Nos ennemis veulent réunir sa tête et son corps pour lui rendre la liberté.

— Voilà qui me paraît difficile à croire, lâcha le chevalier, une expression de perplexité sur le visage.

La tête du Diable en personne serait dans ce sac ? C'est bien ce que vous avez dit ?

– Il est venu sur terre, invoqué par le Conventus de Pendle. À présent, il est piégé dans son corps de chair et en grande souffrance. Vous ne me croyez pas ? Vous voulez une preuve ?

Un faible grognement monta du sac, et ce qui ressemblait à une brève inspiration. Will et son père sursautèrent ; le second, toutefois, reprit vite contenance.

– Je suis un homme de paix, simplement occupé de mes propres affaires, reprit-il. Je ne prends les armes que lorsque la cause est justifiée. Je ne connais pas grand-chose aux sorcières et à la magie noire, et je crois que bien des choses étranges sont le fruit de la superstition et de l'ignorance. Mais j'ai l'esprit curieux et j'aimerais beaucoup voir le contenu de ce sac.

– Eh bien, je vais exaucer votre souhait, dis-je.

Je déliai les cordons du sac, en sortis la tête du Malin en le tenant par les cornes et l'élevai devant le père et le fils.

À cette vue, tous deux sautèrent sur leurs pieds. Le garçon était prêt à prendre ses jambes à son cou. La tête grogna de nouveau, et la chair autour de l'œil crevé palpita. Un filet de sang séché reliait l'orbite à la bouche ouverte. Cette face hideuse était plus hideuse encore qu'elle ne l'avait jamais été.

14

Vaincre le kretch

Votre magie ne m'impressionne pas,
car je possède ma propre magie.
Gobelins, spectres et esprits errants ne sont pas plus
une menace pour moi que pour un épouvanteur.

– C'est encore vivant ! Par quel prodige ?
s'exclama messire Gilbert, dont le teint avait viré
au gris.

– La chair n'est qu'une enveloppe, expliquai-je.
Pour le Malin, prendre telle ou telle apparence est
comme enfiler un vêtement. Il en change à son
gré. Son esprit, qui survit aux pires mutilations,
réside à présent entre les deux parties de lui-même.

C'est pourquoi il doit rester enfermé. Si ses serviteurs réussissent à réunir sa tête et son corps, il sera libéré, et sa vengeance sera terrible, dans cette vie et au-delà. Ces derniers temps, il a parcouru la terre, et, de mémoire d'homme, ce fut l'époque la plus sombre que nous ayons connue. Une de ses manifestations a été cette guerre qui a dévasté le Comté, répandant la mort, la famine et la barbarie. Qu'il soit provisoirement pris au piège a déjà amélioré les choses. Il est aussi de votre intérêt qu'il demeure entravé.

Fixant la tête du Malin, messire Gilbert déclara :

– Remettez cette horrible chose dans le sac, je vous prie. Aucun regard humain ne saurait soutenir pareille vision.

J'accédai à sa demande, et nous nous rassîmes.

– Avez-vous participé aux combats ? demandai-je.

Le chevalier secoua la tête.

– Je ne suis plus un jeune homme, je n'ai pas été enrôlé. Je suis resté à l'arrière, m'efforçant de protéger mes gens. Nous avons eu de la chance. Notre relatif isolement nous a valu de n'être visités que par une seule patrouille, dans les derniers temps de la guerre. Mes sujets ont d'abord trouvé refuge dans mon château. Puis, quand l'ennemi a commencé à brûler leurs maisons, j'ai fait une sortie à la tête d'une troupe modeste mais déterminée. Si nous avons perdu deux des nôtres, nos assaillants ont été tués jusqu'au dernier. Onze d'entre eux sont enterrés dans des tombes anonymes. Ils n'auront pas eu la possibilité de nous envoyer d'autres patrouilles.

– De quels stocks disposez-vous ?

– Ces murs abritent de nombreuses bouches à nourrir. Nous pourrions cependant supporter plusieurs semaines de siège sans mourir de faim. Certes, cela entraînerait de sérieuses difficultés lors du retour à une vie normale. Le fourrage pour le bétail est limité, et nous serions contraints de l'abattre. Et nous réapprovisionner s'avérerait difficile, car la guerre a causé des ravages.

– Je pense que nous sortirons assez vite de cette situation, dis-je.

Pendant notre voyage vers le château, j'avais conçu un plan. Je le lui exposai :

– Avec votre aide, nous viendrions à bout de nos ennemis. Il y a parmi eux des sorcières, mais votre fils assure que vos archers sont des tireurs d'élite, et la magie noire ne suffira sûrement pas à détourner leurs flèches. Quant au kretch, vous saurez vous en occuper, comme vous l'avez su pour le Grand Ver.

Le visage de Will s'illumina de fierté.

– Examinez les tapisseries qui décorent votre chambre ! Elles racontent ce qui s'est passé il y a quinze ans. On y voit mon père tuant le monstre qui dévastait les environs. Ce qu'il a accompli ce jour-là, il l'accomplira de nouveau !

Thorne sourit au garçon, qui lui rendit son sourire. Au regard qu'ils échangèrent, je mesurai la force du lien qui se créait entre eux.

Le père approuva de la tête. Je le soupçonnais néanmoins d'être moins enthousiaste que son fils.

La nuit était tombée quand Thorne et moi regagnâmes notre chambre. Des chandelles brûlaient dans leurs chandeliers, à côté de nos lits. J'en pris une et m'approchai de la première des cinq tapisseries.

Elle représentait le ver ravageant la campagne, où des carcasses de moutons étaient dispersées à travers champs. La bête tenait entre ses mâchoires un homme dont on ne voyait que les jambes. Elle était énorme ; je n'avais jamais entendu parler d'un ver aussi gros. Les brodeusess avaient sûrement exagéré sa taille pour dramatiser la scène.

Sur la deuxième tapisserie, le ver avançait vers le château tandis que le chevalier en armure chevauchait à sa rencontre. La rivière les séparait. Dans la troisième, le chevalier avait mis pied à terre et traversait le gué. Le ver se dressait face à lui, la gueule grande ouverte.

La quatrième tapisserie décrivait leur combat. Les personnages y étant représentés en gros plan, la façon dont le chevalier avait remporté la victoire devenait évidente : l'armure de messire Gilbert se hérissait de piquants qui transperçaient le ver, enroulé serré autour de lui. La bête saignait de partout, et son adversaire la taillait en pièces, maniant son épée à deux mains. Sur la dernière tenture, messire Gilbert brandissait la tête de la créature d'un geste triomphal, tandis que le courant emportait ses restes.

– Il pourrait vaincre le kretch de la même manière ? demanda Thorne.

– Pourquoi pas ? Ça vaut la peine d'essayer. Si, avec quelques-uns de ses hommes, nous nous occupons des autres, cette armure particulière lui permettra peut-être de l'exterminer. Sous la pression de son fils, il paraît prêt à tenter le coup, et j'ai l'intention de l'encourager dans cette voie.

Nos ennemies se présentèrent le lendemain matin au petit jour. Elles étaient une vingtaine, accompagnées du kretch et de Bowker. Elles ne traversèrent pas la rivière. Après avoir observé le château de loin, elles s'installèrent près de la plus grande ferme et allumèrent des feux pour cuisiner.

Toute la journée, elles gardèrent leurs distances, tandis que nous les surveillions du haut des remparts. Heure après heure, de nouveaux groupes de sorcières les rejoignaient. Le soir venu, j'estimai leur nombre à plus d'une centaine. Et, en même temps que la pression extérieure, la tension montait à l'intérieur du château.

— Ce type en noir, il est en train de semer le trouble, déclara Thorne en le désignant au milieu de fermiers réunis dans la cour avec leurs bêtes. Quand je suis passée près de la porte, il m'a montrée du doigt.

— C'est un prêtre, fillette, il fallait s'y attendre. Et ces gens ont été contraints de se réfugier ici à cause de nous, d'où leur ressentiment.

Nous dînâmes de nouveau en compagnie du chevalier et de son fils, ce soir-là, et Thorne fit part à notre hôte de ses inquiétudes.

— Vous n'avez rien à craindre du père Hewitt, la rassura messire Gilbert. Il m'a prié de vous chasser du château. J'ai refusé, le sujet est clos. Il est mon chapelain depuis de longues années. Si je meurs prématurément, il sera le tuteur de mon fils jusqu'à sa majorité. C'est un homme de Dieu, et vous êtes sorcières ; il existe entre vous une animosité naturelle. Il ne peut pas faire grand-chose, si ce n'est exciter ses ouailles. Mais je suis leur seigneur, ils m'obéiront en toute chose. Je garantis votre sécurité.

— Et nous vous en sommes reconnaissantes, dis-je. J'ai examiné avec intérêt les tapisseries de notre chambre. Je suppose que vous possédez toujours cette armure ?

– Bien sûr. Je l'avais fait forger spécialement, et elle s'est montrée très efficace contre le ver.

Avec un sourire, il précisa :

– En réalité, la créature n'était pas aussi grosse que le suggèrent les broderies. Elle était néanmoins fort dangereuse ; elle avait tué nombre d'humains ainsi que du bétail.

– Père est aussi brave que sage, déclara Will en se rengorgeant. Les ménestrels ne cessent de chanter ses prouesses.

– Tu dois être fier de lui, commentai-je, amusée.

Puis je me tournai vers messire Gilbert.

– Cette armure ne sera peut-être pas aussi efficace contre le kretch. Son ossature lui procure une protection naturelle. Si nous l'affrontons, nous devrons le faire de concert et avant que trop d'alliés du Malin ne soient rassemblés. Plus nous tarderons, plus leur nombre augmentera. Mais détruisez le kretch, et nous quitterons ces lieux. Ils nous suivront. Vous pourrez alors reprendre votre vie habituelle.

– En ce cas, nous attaquerons demain, décida le chevalier. Trouvons quelque astuce pour les attirer plus près du château, à portée des flèches de mes archers.

– J'y penserai. Vous nous rendrez nos armes ?

– Naturellement. Nous sortirons du château ensemble, équipés pour la victoire.

J'approuvai d'un signe de tête :

– Et demain, nous mettrons un terme à ce siège.

Or je me trompais ; les évènements ne prirent pas le tour espéré.

15

Une lutte à mort

Mieux vaut être combattant que spectateur.
Une tueuse recherche le combat.

Avant l'aube, nous avions pris un petit déjeuner. Après quoi, au grand soulagement de Thorne, nous laissâmes de côté nos robes vertes pour nous vêtir de nouveau comme des tueuses. Attendant l'affrontement avec impatience, j'appréciai de retrouver le confort de ma tenue habituelle.

Je ne pouvais courir le risque de garder la tête du Malin avec moi pendant la bataille, il me fallait donc la cacher. Pour ce faire, je puisai dans la précieuse magie qui me restait. Utilisant des fils de coton arrachés à l'ourlet de ma jupe, je suspendis le sac à une poutre du plafond, dans le recoin le plus sombre de la chambre. Puis je le rendis invisible. Seuls une sorcière ou un mage puissants serait capable de le discerner, et encore, avec difficulté.

Messire Gilbert, revêtu de son armure à piquants, nous attendait dans la cour, entouré de ses hommes. Nous y trouvâmes aussi nos armes. Glisser chacune d'elles dans son fourreau me procura un merveilleux réconfort.

C'était une matinée grise et brumeuse, l'air était froid et humide. J'observai notre petite troupe. Les hommes semblaient sûrs d'eux et disciplinés. En plus du chevalier dans sa redoutable armure, je comptai huit maîtres archers et une quinzaine de soldats. Tous étaient à pied, messire Gilbert s'étant refusé à mettre ses chevaux en danger. Bien qu'en grande infériorité numérique, nous avions une bonne chance d'obtenir une victoire temporaire.

J'avais décrit mon plan au chevalier, qui l'avait approuvé. Notre intention était de détruire le kretch et de tuer autant de sorcières que possible avant de faire retraite vers le château. Plus tard, sous le couvert de l'obscurité, Thorne et moi tenterions une sortie. Les sorcières rescapées nous poursuivraient, et les habitants du château et des environs retourneraient à leur vie tranquille.

C'est alors que les choses commencèrent à mal tourner. Une sentinelle en faction sur le chemin de ronde nous avertit que l'ennemi approchait. Du haut des remparts, j'estimai ses effectifs. Il y avait plus d'une centaine de sorcières, sous la conduite du mage et du kretch. Ils firent halte à deux cents pieds des douves, et le kretch s'avança seul. Arrivé juste en dessous de nous, il se dressa sur ses pattes arrière, brandit une lame et lança un défi d'une voix tonnante.

Le cœur me manqua : ce n'était pas moi qu'il défiait, mais le chevalier.

– Gilbert Martin, je te salue ! Tu es le tueur du Grand Ver, célébré à travers tout le pays pour cet exploit. Je désire affronter en combat singulier un homme d'une telle renommée. Si je suis vaincu, ceux qui m'accompagnent se disperseront et ne te troubleront plus.

– Et si je perds la bataille ? s'enquit le chevalier.

– La défaite te coûtera la vie, et le siège se poursuivra. C'est tout. Acceptes-tu ces conditions ?

– Je les accepte et t'affronterai donc en combat singulier devant ces murs. Ai-je ta parole ?

– Tu l'as. Nous lutterons au bord de la rivière, là où tu as vaincu le Grand Ver. Tes hommes resteront au château. Mes troupes se retireront sur l'autre berge.

– Qu'il en soit ainsi ! déclara messire Gilbert.

Sur ces mots, le kretch salua d'un léger signe de tête, et un sourire mauvais lui découvrit les dents. Puis il regagna en quelques bonds le bord de l'eau.

Je faillis lancer au kretch mon propre défi, mais le chevalier avait engagé sa parole, je ne pouvais plus intervenir. Je tâchai cependant de le dissuader :

– C'est une ruse ! Ce genre de créature ne raisonne pas comme vous, pas plus que ses compagnons. Ils sont les serviteurs du Malin, le Père du Mensonge. Ils n'ont aucun sens de l'honneur. Avancez-vous seul, et vous mourrez ! Ils veulent reprendre la tête et n'ont aucune intention de se disperser tant qu'elle ne sera pas en leur possession.

– Peut-être, répliqua messire Gilbert en se tournant vers moi. Mais je suis un chevalier, je n'ai pas le droit de refuser un combat singulier. Tel est mon code de l'honneur. Et même si cette créature a l'intention de me tromper, rien n'est perdu. Quand je sortirai, refermez la porte, mais ne la verrouillez pas. Laissez aussi le pont-levis abaissé. Au premier signe de tricherie, venez à mon aide. Cela ne fera que peu de différence avec le plan que nous avons conçu.

– Je ne suis pas d'accord, protestai-je. Nous devions quitter le château en groupe compact et protéger vos flancs et vos arrières. À présent, vous allez combattre seul, loin de nous. S'il y a tromperie, nous n'arriverons pas à temps.

Il hocha la tête tout en restant résolu. Sans un mot de plus, il s'avança pour attendre que la porte soit ouverte et le pont-levis abaissé. Cela fait, il serra les mains de son fils en un bref geste d'adieu. Will regardait son père avec fierté, mais, à son menton qui tremblait d'émotion, je compris qu'il avait peur pour lui. Le chevalier abaissa la visière de son casque et marcha à grands pas vers la rivière. On referma la porte sans la verrouiller. Les archers et les soldats se postèrent derrière, l'arme au poing. J'entraînai de nouveau Thorne en haut des remparts, d'où nous aurions un meilleur point de vue sur la bataille.

Messire Gilbert approchait du gué, tandis que le kretch attendait sur l'autre rive. Rien ne révélait la présence du mage et des sorcières, sinon qu'une épaisseur de brume s'élevait sur une centaine de mètres, avalant peu à peu les deux berges de la rivière. D'évidence, elle était formée par magie, pour permettre à nos ennemis de s'y dissimuler, bien plus près que nous des deux adversaires. C'était un piège, j'en étais sûre. Mais qu'y faire? J'avais mis le chevalier en garde, et il n'avait pas tenu compte de mes avertissements.

À peine avait-il quitté la rive boueuse pour s'aventurer au milieu du gué que le kretch bondit vers lui, galopant sur ses quatre pattes, tel un loup géant, soulevant des gerbes d'eau. Messire Gilbert n'avait pas anticipé pareille vitesse, il tira son épée trop tard. L'énorme bête referma ses mâchoires sur son bras droit, celui qui tenait l'arme. Malgré la distance, j'entendis le cri de douleur du chevalier.

Mais le kretch ? Les plaques de métal qui protégeaient les bras de messire Gilbert étaient également hérissées de piques. Elles avaient sûrement transpercé les mâchoires de la créature. Était-il à présent insensible à la douleur ? Ou bien était-il capable de la surmonter à force de volonté en dépit de la torture ressentie ? Auquel cas il n'en était que plus dangereux. Seule la mort l'arrêterait.

Au prix d'un terrible effort, le chevalier libéra son bras. Le sang dégoulina de la gueule ouverte de la bête, teintant l'eau de rouge. L'armure de messire Gilbert était aussi couverte de sang. Était-ce le sien ou celui de son adversaire ?

Même de si loin, je voyais que le métal protégeant le bras du chevalier était déformé. Il eut du mal à brandir son épée quand le kretch attaqua de nouveau. Dressée sur ses pattes arrière, la créature dominait le chevalier de toute sa hauteur.

Bien que blessé, messire Gilbert était brave. Il ne recula pas. Il se campa sur ses pieds et fit passer son épée dans son autre main. C'était une arme massive, conçue pour être maniée à deux mains. Néanmoins, de la main gauche – sûrement sa plus faible –, il enfonça la pointe de la lame dans le ventre du kretch. Cette fois, la bête émit un glapissement, aussitôt suivi d'un rugissement de rage. Cela me rassura un peu. Le kretch pouvait être blessé. Je souhaitais que le chevalier en vienne à bout, tout en bouillant du désir de l'abattre moi-même. Il y avait longtemps que je n'avais ressenti une telle soif de massacre. Néanmoins, je n'avais pas le droit d'intervenir tant que messire Gilbert tenait bon. C'était un homme de courage, je ne voulais pas interférer dans sa victoire.

Le chevalier et le kretch s'empoignèrent violemment. Tombant à l'eau, ils roulèrent l'un sur l'autre jusqu'à l'autre rive, où ils continuèrent de se battre dans la boue. C'était exactement ce que messire Gilbert désirait : la bête était à présent empalée sur les piques. Avec un peu de chance, elle connaîtrait la même fin que le ver. Or, tandis qu'ils se débattaient, il me sembla que le chevalier perdait la partie.

Il tentait de faire usage de son épée, mais son adversaire était trop rapproché ; ses coups restaient inopérants contre le dos osseux de la créature. Messire Gilbert n'avait plus l'énergie de la jeunesse. Et les piques de son armure paraissaient moins efficaces contre cette bête qu'elles l'avaient été contre le ver. Consternée, je vis les redoutables mâchoires du kretch s'écarter largement avant de se refermer sur la tête du chevalier. J'entendis son casque craquer.

Les crocs puissants s'enfonçaient dans son crâne. Autour de moi montaient les grognements furieux des soldats. Je devinais avec quelle angoisse Will devait observer la scène.

C'est alors que ce que j'avais à la fois craint et attendu se produisit : les sorcières, menées par Bowker, surgirent du brouillard avec de grands cris, courant vers la rive où les deux combattants luttaient toujours. La plupart étaient armées de couteaux. Comme précédemment, les trois sorcières qui galopaient en tête étaient armées de longues perches terminées par des lames, de façon à pouvoir frapper à distance. Le chevalier semblait condamné à la même fin que la lamia ailée. À la différence qu'ici, une force importante et déterminée était prête à intervenir. Tout n'était pas perdu.

Un garde lança un avertissement, et la porte tourna sur ses gonds en grondant.

— Ne me quitte pas d'un pouce et ne commets aucune imprudence ! ordonnai-je à Thorne.

Le temps que nous arrivions devant la porte, elle était ouverte, et les hommes du chevalier s'élançaient déjà vers la rivière. Will se tenait devant l'entrée avec deux autres hommes, le visage crispé par l'angoisse. En tant qu'unique héritier du château et des terres, il ne pouvait se joindre à la bataille.

Nous rejoignîmes rapidement les soldats, mais je fis signe à Thorne que nous devions rester en arrière. Dès que les deux groupes ennemis se seraient rencontrés, nous jugerions du meilleur moyen de combattre.

D'autres sorcières sorties du brouillard avaient franchi le gué et fonçaient sur nous, couteau au poing. Celles qui étaient sur l'autre rive entouraient les deux adversaires. Alors que la bête tenait toujours entre ses crocs la tête du chevalier, elles s'apprêtaient à l'achever, comme elles l'avaient fait avec Wynde. À deux reprises, je n'avais pu empêcher une mort. Cette fois, j'avais peut-être le temps de sauver messire Gilbert. Les sorcières devraient lui ôter son armure pour le tuer. Cela nous laissait un délai suffisant pour intervenir.

Brusquement, les soldats firent halte. Je crus qu'ils allaient faire demi-tour et s'enfuir : la horde qui approchait, bien plus nombreuse qu'eux, était une vision effrayante. Mais ils étaient bien disciplinés. Une voix ordonna :

– Tirez !

Les huit archers bandèrent leurs arcs et lâchèrent les flèches, qui sifflèrent vers leurs cibles. Chacune d'elles frappa une sorcière. Trois d'entre elles tombèrent, les autres chancelèrent. Déjà, les archers avaient sorti d'autres traits de leurs carquois et bandaient de nouveau leurs arcs.

L'ordre de tirer fut lancé, et une deuxième pluie de flèches frappa nos ennemis mortellement. Les rescapées étaient presque sur nous, à moins de trente mètres. Une troisième volée de flèches brisa leur élan, et les sorcières s'égaillèrent.

Elles ne prirent pas la fuite pour autant et se mirent à nous encercler. Mais, dispersées, elles devenaient plus difficiles à viser. Cette fois, l'ordre fut :

– Tirez à volonté !

Chaque archer choisit sa propre cible. La tactique se révéla moins efficace, car les sorcières commençaient à user de magie noire. Elles psalmodiaient des sorts en Ancien Langage, dont l'horrification. Il n'avait aucun effet sur moi ni sur Thorne, qui étions protégées contre de tels artifices. Mais aux archers et aux hommes d'armes, les sorcières semblaient à présent des créatures hideuses, aux visages démoniaques, aux chevelures ondulant tels des serpents.

Le sort ne fonctionna que trop bien : les yeux des archers s'écarquillèrent d'effroi, leurs arcs tremblèrent si fort entre leurs mains que leurs flèches se perdirent, inutiles. Si je ne réagissais pas aussitôt, nous étions perdus. Il me fallait rassembler toutes mes forces et porter l'attaque au cœur même du cercle de nos ennemies. Le kretch et le mage devaient mourir.

16

Fuite éternelle ?

Une tueuse meurt une arme affilée à la main,
en combattant ses ennemis.
Pourquoi en irait-il autrement pour moi ?

Parcourant du doigt mon collier d'os, j'utilisai le sort appelé en latin *Imperium*, connu sous le terme d'*Influx* dans le clan Mouldheel, qui a toujours aimé se distinguer. Il fonctionne en partie par un effort de volonté, mais l'inflexion de la voix a une grande importance. Lancé correctement, il soumet instantanément n'importe qui à votre volonté.

La peur et le chaos qui régnaient autour de moi créaient de bonnes conditions. Mon ordre trancha dans toute cette confusion, dirigé vers ceux qui étaient les plus proches de moi : trois archers, deux soldats et Thorne.

– *Suivez-moi !* lançai-je, sur le ton approprié.

Ils pivotèrent comme un seul homme, les yeux fixés sur moi. Seule Thorne montra une légère résistance. Mais elle m'aurait obéi même sans magie. Les autres furent aussitôt en alerte, réactifs et parfaitement dociles.

Je courus vers la rivière, la petite troupe sur mes talons, tandis que le chevalier luttait toujours contre le kretch sur l'autre rive. Arrivée face à la première des sorcières qui nous cernaient, je sentis Thorne se placer à mon côté. Nous nous battîmes comme si nous n'étions qu'une seule entité : quatre jambes et quatre bras mus par un unique esprit. La lame que je tenais à la main gauche décrivit un bref arc de cercle, et la plus proche de nos adversaires mourut. Du coin de l'œil, je vis Thorne se débarrasser d'une deuxième.

Sous notre élan meurtrier, la mince ligne ennemie fut facilement brisée. Mais, de l'autre côté de la rivière, un essaim d'au moins neuf sorcières harcelait le chevalier. Lisa Dugdale, penchée sur sa perche, tentait d'en introduire la lame dans la jointure du casque, le point faible de ce type d'armure. Heureusement, la cotte de mailles de messire Gilbert le protégeait. Le plus grand danger venait du kretch, qui lui enserrait toujours la tête entre ses crocs. Le métal du casque était enfoncé. Messire Gilbert se débattait en grondant de douleur. Son épée lui avait échappé, mais il frappait le crâne de la bête de son gantelet de fer à coups répétés.

Il fallait agir vite, car les sorcières, derrière nous, ne tarderaient pas à se regrouper pour nous barrer la route du château.

– *Tirez!* ordonnai-je.

Les trois archers lancèrent aussitôt leurs flèches dans la mêlée. L'une d'elles transperça la sorcière la plus proche, la projetant dans la boue. Après la seconde volée, le kretch secoua le corps du chevalier comme un mâtin l'aurait fait d'un rat, avant de relâcher sa proie pour se jeter sur nous. Au regard qu'il me lança, je compris que j'étais la première visée.

Je choisis un de mes couteaux de jet et le lançai vers lui. Il s'enfonça jusqu'à la garde dans son œil droit. Deux flèches le touchèrent aussi. L'une d'elles rebondit sur son épaule, mais la deuxième entra dans sa gueule ouverte et lui transperça la gorge. Ce fut Thorne qui conclut l'affrontement. Décochant son couteau avec une parfaite précision, elle creva l'œil gauche du kretch. Il était maintenant aveugle.

Il pivota et bondit vers les arbres avec des jappements de chien fouetté. La seconde d'après, nous étions auprès de messire Gilbert. Deux soldats le soulevèrent pour l'emporter hors de la boue. Il me parut en bien mauvais état. Des filets de sang coulaient de son casque cabossé. Retraversant la rivière, nous rejoignîmes les soldats rescapés. Sur un ordre du sergent, ils se disposèrent en carré de protection autour de ceux qui portaient le chevalier. Thorne et moi combattions de chaque côté tandis que la lente retraite vers le château commençait.

Nulle part on ne voyait le mage. Cette absence, ajoutée à la fuite du kretch, parut décourager les sorcières. Malgré leur supériorité en nombre, peu d'entre elles osaient nous attaquer, et celles qui s'y risquaient périssaient par ma main ou par celle de Thorne, tandis que les plus prudentes, qui suivaient à distance, étaient fauchées par les quatre archers survivants.

Nous atteignîmes enfin le château. La herse se referma derrière nous, le pont-levis fut remonté. Nous avions perdu le tiers de nos forces, et parmi les rescapés, beaucoup étaient blessés. Notre priorité, cependant, était la sécurité de messire Gilbert. Il fut porté dans la grande salle et doucement allongé sur la table. On s'employa alors à lui ôter son armure. Will contemplait avec angoisse son père gémissant. Le sang coulait toujours du casque défoncé. Le bras du chevalier était déchiqueté, et lui enlever sa manche s'avérait trop délicat.

Laissant le malheureux dans sa cotte de mailles, les soigneurs voulurent le débarrasser de son casque, mais il poussa un hurlement. D'un geste de la main, je leur enjoignis d'arrêter et m'approchai pour me rendre compte. Je secouai la tête.

– Impossible de lui retirer ce casque. Il est mourant. Tout ce que vous pouvez faire, c'est lui donner quelque chose pour calmer la douleur.

Les mâchoires du kretch avaient profondément enfoncé le métal dans le crâne du chevalier. La pression contre son cerveau finirait par le tuer. Selon moi, il n'avait plus que quelques heures à vivre.

– Non ! Non ! C'est impossible ! s'écria son fils, en pleurs.

Thorne lui passa un bras autour des épaules pour le réconforter. Il la repoussa avec colère, un rictus haineux sur le visage. Surprise et peinée, elle recula.

Je m'avançai à mon tour, posai la main sur l'épaule du garçon et lui parlai d'une voix douce :

– Ton père était un brave ; on se souviendra toujours de ce qu'il a fait. Sois fort, Will ! Bientôt, c'est toi qui gouverneras ces terres.

Il s'écarta de moi, le visage tordu par la rage.

– Je voudrais ne vous avoir jamais rencontrées ! cracha-t-il. Mon père va mourir à cause de vous !

– Je n'ai pas désiré ça, dis-je. Hélas! ce qui est fait est fait.

D'un signe, j'enjoignis à Thorne de quitter la salle. Dans le couloir, nous croisâmes le prêtre, escorté par deux soldats. Il avait dû être appelé au chevet de messire Gilbert. Il me lança au passage un regard noir, auquel je ne répondis pas.

De retour dans notre chambre, j'expliquai à ma compagne la nouvelle situation:

– Nous sommes en danger. Nous allons devoir défendre nos vies contre ceux qui étaient auparavant nos alliés.

– Will paraît très en colère. Je croyais qu'on était amis, fit-elle remarquer avec amertume. Vous pensez qu'il va se retourner contre nous?

– Peu importe ses intentions, fillette! Il est encore trop jeune pour assumer la charge de son père. Mais te rappelles-tu ce qu'a dit messire Gilbert? À sa mort, le prêtre sera le tuteur du garçon jusqu'à sa majorité. C'est lui qui deviendra le maître du château. Il est grand temps de filer d'ici, avant que ce refuge se transforme en prison. De plus, le kretch est aveugle. Même s'il guérit par lui-même, cela prendra un certain temps. C'est donc le moment de mettre la plus grande distance possible entre lui et nous.

Thorne paraissait au bord du désespoir.

– Mais où aller ? Devrons-nous fuir éternellement ? Will est le premier garçon que j'ai aimé. Je ne veux pas me séparer de lui dans la colère. Je devrais peut-être lui parler, quand il se sera un peu apaisé.

– Tu gaspillerais ta salive, petite. Rester ici plus longtemps est aussi dangereux pour toi que pour moi. Une fois loin de ce château, nous nous séparerons. Nos ennemis sont trop nombreux, et ils n'abandonneront jamais. Ils finiront par me rattraper et me tuer. Mais toi, pourquoi devrais-tu mourir ? Le clan aura besoin d'une bonne tueuse pour me remplacer. Tu es celle qu'il leur faut.

– Je ne vous quitterai pas, protesta Thorne. Si vous mourez, je deviendrai la gardienne de la tête. N'est-ce pas ce que vous espérez ?

J'acquiesçai ; elle avait lu dans mon esprit. Je m'apprêtai à prendre le sac de cuir quand je perçus le danger. Une seconde trop tard, malheureusement. La porte s'ouvrit, et quatre archers entrèrent, prêts à tirer. Derrière eux venaient quatre soldats accompagnés du prêtre, le père Hewitt.

– Déposez les armes ou mourez ! ordonna-t-il.

C'était un homme de haute taille aux épaules larges et au teint rubicond. Physiquement, il ressemblait plus à un fermier qu'à un prêtre. Mais sa soutane noire était neuve, ornée tout du long de boutons d'argent, et ses chaussures étaient taillées dans le cuir le plus fin.

Brusquement, un clignotement de lumière au coin de mes yeux m'annonça l'imminence d'une nouvelle crise. Il nous fallait fuir au plus vite.

– Est-ce une manière de s'adresser à des alliées qui ont combattu à vos côtés ? rétorquai-je.

– Messire Gilbert vient d'expirer. Désormais, c'est moi qui ai autorité. Aucune alliance n'est possible avec des sorcières. *Tu ne souffriras pas qu'une sorcière reste en vie*, telle est ma loi !

– Donc, si nous déposons les armes, nous mourrons de toute façon ? Quelle sorte de marché est-ce là ? Je préfère mourir ici ! Mais, je vous le dis, aucun de vous ne nous survivra. Je suis Grimalkin, et j'ai déjà choisi ceux que je vais tuer !

– Rendez-vous tout de suite, reprit le prêtre d'une voix soudain adoucie. Et vous aurez un procès équitable devant un tribunal de la Sainte Église.

Les éclairs au coin de mes yeux augmentaient d'intensité. S'il nous restait une chance de nous échapper, c'était maintenant.

– J'ai entendu parler de ces «procès équitables», raillai-je. Que choisirez-vous ? Écraser nos corps sous un tas de pierres ou nous noyer dans un étang ? Eh bien, voici ma réponse !

Tirant deux épées, je les pointai sur le prêtre. Il se contenta de sourire d'un air suffisant.

Il ne prononça qu'un seul mot :

– Tirez !

Les quatre archers lâchèrent leurs flèches.

17

Un grand déshonneur

Ce n'est pas la magie noire qui me donne
ma vitesse au combat.
Je la tiens de mon être même, de ce que je suis.
Je suis Grimalkin.

«Une tueuse doit être rapide. La vitesse, je la possède. Mais suffira-t-elle contre des maîtres archers aussi proches? Et Thorne? Elle est encore loin d'avoir atteint la plénitude de ses forces...»

Ces pensées futiles me traversent l'esprit tandis que mes membres réagissent instinctivement.

J'ai entraîné mon corps pour qu'il devienne une arme: tous les nerfs, tous les muscles agissent en synchronisation; dans une telle situation, il est trop long de réfléchir.

Je plonge et roule sur le sol. J'arrête les battements de mon cœur. La lame de ma main gauche détourne une flèche. Je pense à Tom Ward, qui a le pouvoir d'arrêter le temps, et je ris ! Une tueuse sait le faire aussi, quoique d'une autre manière. Elle se meut si rapidement que les gestes des autres paraissent ralentis.

Ce n'est pas de la magie noire. C'est la magie de mon être même, née de ce que je suis, du dur entraînement que je me suis imposé. Je suis Grimalkin !

Je vis l'instant présent et j'apporte la mort.

En écartant une autre flèche, je note que les mouvements de Thorne sont l'exact reflet des miens. Nous nous écartons, nous nous réunissons, nous nous écartons de nouveau comme l'eau courant entre les rochers.

Me voici au milieu de mes adversaires, et je porte mes premiers coups. Un archer meurt dans un cri. Il me faut oublier que j'ai lutté aux côtés de ces hommes quelques heures plus tôt. Nous sommes au corps à corps, à présent, ils ne peuvent plus faire usage de leurs arcs. La situation a changé, c'est leur vie ou la nôtre. Ils le savent. Telle est la loi du combat : tuer ou être tué. Alors, je tue. Je tue encore et encore, et les hurlements d'agonie me semblent venir de très loin.

J'accorde un battement à mon cœur ; le sang s'engouffre dans mes artères.

Je tourbillonne, tranche et pique, et tranche de nouveau. Des jets écarlates nous éclaboussent. Dans une seconde, je serai face au prêtre. Une fois son cadavre enjambé, nous courrons vers la grande porte. C'est faisable. Nous avons une chance de l'emporter. Une chance de nous échapper.

Mais voilà que, bien trop tôt, le souffle me manque, une douleur me transperce la poitrine. Un accès de faiblesse me jette à genoux. Le poison du kretch s'est réveillé ; j'ai beau lutter, tout s'obscurcit autour de moi.

Est-ce la mort ?

Ma dernière pensée est pour Thorne. Si jeune, et elle va mourir elle aussi ! J'ai un instant de regret de l'avoir mise en danger. Puis c'est le noir, et l'oubli.

Or, je n'étais pas morte. Je m'éveillai avec un goût de sang dans la bouche, solidement attachée dans un endroit sombre.

Des menottes de fer retenaient ensemble mes mains et mes pieds ; le contact du métal m'était douloureux, j'en sentais la brûlure sur ma peau.

J'étais allongée au pied d'un mur humide. Une chaîne reliait mes chevilles à un anneau scellé dans le sol de pierre.

Je réussis à m'asseoir et à m'adosser au mur. L'obscurité n'était pas un obstacle à mes yeux de sorcière, capables de percer les recoins les plus noirs d'un cachot. L'endroit puait la mort. Au fil des ans, plus d'une dizaine de captifs avaient agonisé ici. Malgré ses apparences bienveillantes, messire Gilbert avait emprisonné des gens, dont beaucoup avaient achevé leurs jours dans cette geôle souterraine. Quels crimes avaient-ils commis ?

Peu m'importait. Mon crime à moi était d'être sorcière. À la merci du prêtre, je ne pouvais attendre que la douleur et la mort. Lorsque la scruteuse avait prédit ma fin, c'était le couteau à la main et non chargée de chaînes. Les scruteuses se trompent parfois dans leurs conjectures.

Je me consolai à l'idée que, du moins, la tête ne tomberait pas entre leurs mains. Elle était trop bien dissimulée, hors de portée des sorcières. Chaque jour gagné offrait à Tom Ward un délai supplémentaire pour trouver le moyen de détruire définitivement le Malin.

Que mon accès de faiblesse soit passé n'avait plus d'importance. Les chaînes qui me retenaient ne me laissaient guère de chances de m'échapper. On ne m'avait pas ôté mes lanières de cuir, mais les four-reaux étaient vides. Cependant, je disposais encore d'une arme – même si ce n'était pas une lame –, et des derniers restes de ma magie. Je ne devrais en faire usage qu'en ultime recours et choisir judicieusement le moment de les utiliser. Après, ce serait sans espoir.

Un cri s'éleva alors. Perçant, interminable, c'était celui d'une femme soumise à une douleur intolérable.

Il reprit, et les cheveux se hérissèrent sur ma nuque. On torturait quelqu'un.

Était-ce Thorne ?

J'en eus vite la confirmation. Atterrée, je l'entendis gémir :

– Pas ça, je vous en supplie ! N'importe quoi mais pas ça !

Thorne était intrépide. Quel tourment la forçait à implorer ainsi, d'une voix si aiguë, si tremblante ?

Je ne pouvais en supporter davantage. Il me fallait d'abord mesurer exactement la situation, et j'avais les moyens de le faire sans trop puiser dans mes der-nières forces. Utilisant la magie chamanique, j'allais projeter mon esprit hors de mon corps.

Je psalmodiai la formule appropriée avec la bonne cadence et me concentrai. Tout devint noir. L'instant d'après, je flottais au-dessus de mon corps enchaîné, dans un monde verdâtre. Je contemplai

ma silhouette étendue, aux yeux clos, à la respiration profonde et régulière. Puis je glissai vers la porte
du cachot et passai au travers.

Une fois dans le couloir, je n'eus aucun mal à
repérer la salle où Thorne était torturée : c'était la
cellule voisine, sur la gauche. La porte était ouverte,
et un soldat, dont le corps émettait une lueur verte,
montait la garde à l'extérieur, adossé au mur. Dès
mon entrée, un regard me suffit à évaluer la situation.

Thorne était allongée sur une table métallique et
maintenue par de grosses cordes. Ses épaules et ses
bras étaient couverts de sang. Un homme bedon-
nant, torse nu, la poitrine velue, la peau luisante
de sueur, était penché sur elle. Il tenait un aiguillon
dont il avait déjà enfoncé la pointe acérée à divers
endroits de son corps. Il cherchait l'endroit où le
Malin était supposé avoir laissé sa marque, celui où
elle ne ressentirait aucune douleur, prouvant ainsi sa
nature de sorcière.

C'était, bien sûr, totalement inutile : il était évi-
dent que nous étions sorcières, nous ne l'avions pas
nié. Mais le père Hewitt contemplait la scène, un
sourire retroussant ses lèvres épaisses. Il y prenait
plaisir.

Je compris alors ce qui avait provoqué le hurlement de Thorne et ses supplications. Cela n'avait
rien à voir avec les piqûres de l'aiguillon sur son

corps, aussi douloureuses fussent-elles. Non, c'était l'outil brandi par le prêtre : la paire de ciseaux qui m'appartenait, celle avec laquelle je coupais les pouces de mes ennemis morts. Mes autres armes étaient soigneusement alignées sur une petite table en bois, dans un coin de la pièce. Mais le prêtre devait avoir quelques notions de nos coutumes, car il avait choisi les ciseaux.

Pour une sorcière, perdre ses pouces est le pire des déshonneurs : tout ce qu'elle a accompli au cours de sa vie devient instantanément nul et non avenu. Un tel destin est plus terrible encore pour une tueuse. Elle qui a été admirée, crainte et respectée par tout un clan, n'est plus qu'un objet de rires et de moqueries.

Bien qu'il soit possible à une sorcière de survivre à cette mutilation, la plupart meurent du choc éprouvé. Même si ses pouces lui sont ôtés après sa mort, ce n'est pas sans conséquences. Elle est incapable, croit-on, de renaître. Elle ne parcourra plus jamais la terre. Elle demeurera éternellement dans l'obscur.

Que Thorne ait hurlé d'angoisse à l'idée d'une telle menace n'avait rien d'étonnant. Non seulement elle espérait devenir la plus grande tueuse des Malkin, mais elle voulait que sa réputation lui survive. En deux coups de ciseaux, le prêtre la condamnerait à une honte perpétuelle.

D'un coup d'œil, je notai la position des deux autres gardes, debout contre le mur du fond. Il me fallait donc venir à bout de quatre hommes dans la salle et d'un à l'extérieur. Je me retirai et réintroduisis rapidement mon esprit dans mon corps. Je fis alors usage de mon ultime ressource magique. Tordant le cou, je tirai la langue autant que je le pus. Je l'enroulai autour de mon collier et fis passer le dernier os de pouce encore actif dans ma bouche. Je le suçai pour aspirer son pouvoir. Cela fait, je me concentrai sur le garde solitaire à l'extérieur de ma cellule.

Le peu de magie dont je disposais ne suffirait pas à le faire entrer dans le cachot et me libérer de mes chaînes. Je pouvais cependant l'attirer d'une autre manière, en introduisant le doute dans son esprit. Il était chargé de garder l'entrée de la salle de torture, tout en s'assurant que j'étais bien enfermée. Un simple sort l'emplit soudain d'anxiété.

Deux secondes plus tard, il tournait la clé dans la serrure. Il ouvrit la porte, fit deux pas dans la cellule et me fixa. Je retins mon souffle. J'allais tenter un coup des plus délicats, et je n'avais droit qu'à une seule tentative.

La dent de sagesse, en bas de ma mâchoire gauche, était creuse. J'y avais foré moi-même un trou mince et profond avec un outil fabriqué spécialement dans ce but. Ma dent contenait une fine aiguille enduite d'un poison capable de soumettre n'importe qui à ma volonté. Je m'étais moi-même immunisée contre ses effets en prenant régulièrement de faibles doses que j'avais augmentées peu à peu ; je pouvais donc garder dans ma bouche l'aiguille empoisonnée sans danger.

De la pointe de la langue, je retirai le faux dessus de ma dent et aspirai l'aiguille hors de sa cavité. La seconde d'après, elle était en place entre mes lèvres. J'avais pratiqué cet exercice des centaines de fois, mais l'aiguille était minuscule, et le garde encore loin de moi. Mes chances étaient minces.

Son instinct de conservation dut l'avertir d'un danger, car il s'apprêta à sortir. Trop tard. Je crachai l'aiguille avec tant de force qu'elle s'enfonça dans son cou, juste sous l'oreille droite. Il chancela, faillit tomber, et son visage afficha une expression de totale stupéfaction.

– Regarde-moi ! lançai-je. Écoute ce que je vais te dire et obéis mot pour mot sans poser de question !

Il me fixa. Les effets du poison se faisaient déjà sentir. Il respirait bruyamment, la bouche ouverte, et de la salive lui coulait sur le menton.

– Ôte-moi ces chaînes ! ordonnai-je.

Il s'avança et s'exécuta. Mais ses mouvements étaient ralentis, et il s'empêtrait dans les clés. Le prêtre pouvait couper les pouces de Thorne à tout instant. Je m'efforçai de garder mon calme et de patienter jusqu'à ma libération.

Enfin, mes chaînes tombèrent. Je m'emparai des armes du garde, deux dagues et une lourde massue. Je ne le tuai pas, c'était inutile. Je lui enjoignis simplement de se coucher et de dormir. Quand je quittai la cellule, il ronflait déjà.

En espérant que je n'entendrais pas un nouveau cri de Thorne, je remontai le couloir sur la pointe des pieds. Dès le seuil de la salle, j'attaquai. Le prêtre avait saisi la main gauche de Thorne et tenait les ciseaux ouverts, prêt à lui couper un premier pouce.

Plus vite que la pensée, je lançai une dague. Mes propres armes, surtout mes couteaux de jet, sont d'un calibre et d'un équilibre parfaits. Celle-ci ne m'était pas familière, et conçue pour le combat rapproché plus que pour le lancer. Je ne pris donc aucun risque. Dans des conditions normales, j'aurais visé l'œil ou la gorge, et le prêtre serait mort sur le coup. Cette fois, je choisis une cible facile et lui enfonçai la lame dans l'épaule. Il lâcha les ciseaux. De plus, j'avais d'autres projets pour lui ; je pourrais toujours le tuer plus tard si nécessaire.

Avec la massue et l'autre dague, je me jetai sur les deux gardes. Je n'avais pas besoin de penser ; mon corps agissait de lui-même, guidé par mes longues années de pratique, tandis que mon esprit s'enivrait de l'extase du combat. Ma vitesse était telle que le premier mourut sans un cri ; le deuxième survivrait probablement, mais le coup qu'il avait reçu à la tempe le laissait inanimé. Le combat avait à peine duré deux secondes. Restait le corpulent tortionnaire, son aiguillon à la main. Il m'en menaça ; je le repoussai d'un revers de massue et le tuai en lui enfonçant mon poignard entre les côtes jusqu'au cœur.

Le prêtre, à genoux, gémissait de douleur. Quand j'arrachai la dague de son épaule, il hurla. Je ne m'en inquiétai pas : son cri était si aigu qu'il aurait pu être celui d'une femme torturée. Personne ne s'en alarmerait. Avec la même arme, je tranchai les liens de Thorne.

Il nous fallait à présent sortir du château, et j'avais l'intention d'utiliser le prêtre comme otage. Seuls les archers resteraient un danger : ils pourraient nous tuer à distance.

— Tu es libre, dis-je à Thorne en l'aidant à descendre de la table. Tu viens de vivre une expérience capable de briser la plus résistante des sorcières. Te sens-tu prête ou as-tu besoin d'un temps de récupération ?

— Je suis prête, répondit-elle d'une voix enrouée mais en souriant avec courage.

Jamais je n'avais été aussi fière d'elle qu'à cet instant. Elle dépassait toutes les espérances que j'avais placées en elle.

– Allons d'abord récupérer la tête du Malin !

Après avoir remis dans leurs fourreaux mes armes et mes ciseaux, je déchirai un pan de la soutane du prêtre et m'en servis pour le bâillonner. Il n'opposa aucune résistance tandis que je le traînais le long du couloir. Il paraissait terrifié. Nous regagnâmes notre chambre sans incident, et bientôt, le sac de cuir pendit de nouveau à mon épaule.

Poussant le prêtre devant nous, nous gagnâmes la cour du château. Le ciel était noir, chargé de lourds nuages ; il nous restait au moins trois heures avant l'aube. Cela rendrait la tâche plus difficile aux archers.

Un soldat montait la garde, le dos appuyé contre la herse. Il leva une torche à notre approche. Sa flamme vacillante illumina notre captif, et l'expression de déférence de l'homme vira à l'incrédulité puis à la peur quand il découvrit le visage terrifié de l'abbé, et sa soutane trempée de sang.

Je plaçai une lame contre la gorge du prêtre.

– Nous partons. Laisse-nous sortir, ou il meurt !

Les mains tremblantes, le soldat manœuvra la poulie qui levait la herse. Le grincement des chaînes emplit le silence de la nuit. Ce bruit risquait d'attirer l'attention. Les autres gardes allaient se demander qui pouvait bien entrer ou sortir du château à pareille heure.

Une voix appela du haut du chemin de ronde :

– Qui va là ? Montrez-vous !

Nous nous pressâmes contre le mur, dans l'ombre. La herse montait lentement. Elle fut enfin assez haut pour qu'on pût se glisser par-dessous.

– Ça suffit ! À présent, ouvre cette porte ! Vite ! commandai-je au soldat.

Je tenais toujours le prêtre par les cheveux, ma lame appuyée sur son cou.

L'homme se hâta d'obéir. Il s'activa sur le verrou et tira le battant, révélant la herse extérieure et le pont-levis. Il leva la deuxième herse sans attendre une autre injonction.

Une voix lança alors un ordre, et un martèlement de bottes emplit l'obscurité de la cour. Nous ne nous engageâmes pas sous la voûte, de crainte d'être mises en joue de chaque côté comme lors de notre arrivée au château, et nous nous préparâmes à encaisser l'assaut. Mon regard de sorcière m'apprit que les attaquants n'étaient pas des archers, rien que trois hommes armés de piques.

– Ils sont à toi, Thorne, sifflai-je.

Après les tortures qu'elle avait subies, plus vite elle serait en action, mieux elle se porterait.

– Tous les trois ?

– Oui. Fais vite !

Elle tourbillonna à leur rencontre, ainsi que je le lui avais enseigné. Elle était rapide, et son art du combat atteignait presque à la perfection. Il y a cependant certaines choses impossibles à inculquer. Mais Thorne était une guerrière née. Elle évita avec une grâce consommée les coups de piques des soldats, et sa lame flamboya, distribuant trois fois la mort en une poignée de secondes.

Dans quelques années, je le voyais, cette fille serait mon égale.

Et après ?

Après, elle serait capable de me vaincre comme j'avais vaincu Kernolde. À cette pensée, je ressentis de la joie et non de la peur. Je ne souhaitais pas continuer de vivre lorsque mes forces déclineraient. J'étais heureuse de pouvoir compter sur une remplaçante d'une telle valeur.

Le soldat s'occupait à abaisser le pont-levis quand d'autres bruits de bottes se firent entendre. Cette fois, je n'envoyai pas Thorne à l'attaque. L'un de ceux qui approchaient était le fils du chevalier mort.

Le groupe fit halte à vingt pas : cinq soldats et les deux derniers des maîtres archers entouraient Will.

– Relâchez le père Hewitt, cria le garçon. C'est un péché de malmener un prêtre !

– Dis à tes hommes de baisser leurs armes, et je lui laisse la vie, dis-je doucement. Si tu refuses, ton piètre argument ne lui servira de rien, et tu seras responsable de sa mort.

– Mon père a été tué à cause de vous, cria Will d'une voix stridente. À votre tour de mourir !

Il posa une main sur l'épaule des archers qui l'encadraient.

– Visez bas ! ordonna-t-il. Elles vont tenter de plonger sous vos flèches.

Les archers abaissèrent leurs arcs et tirèrent.

18

Vers quel refuge?

J'ai choisi de porter l'enfant du Malin
afin d'être à jamais libérée de lui.
Une fois ma décision prise,
rien n'aurait pu me détourner de mon but.
Maintenant, je veux le détruire.
Et personne ne m'arrêtera.

Les archers avaient visé bas, comme Will le leur avait ordonné. Mais, plus rapide que le vol des flèches, je forçai le prêtre à s'agenouiller devant moi pour me servir de bouclier. L'un des traits lui transperça la poitrine. Il émit un grognement de douleur et tomba, raide mort.

À côté de moi, Thorne détourna l'autre flèche d'un coup d'épée.

Avant que les archers aient pu sortir une autre flèche de leur carquois, nos couteaux de jet s'étaient fichés dans leur œil gauche. Les arcs glissèrent de leurs doigts inertes tandis qu'ils s'écroulaient de chaque côté du garçon. Will fit un pas en arrière avec une expression de terreur. Il nous était cependant inutile de le tuer. Ce n'était qu'un enfant dont le monde familier venait de basculer. Une série d'émotions se succédaient sur le visage de Thorne. La colère et le mépris envers Will, qui avait voulu nous abattre, mêlés à la tristesse et au regret. Je savais qu'elle se sentait trahie.

– Le prêtre est mort, Will, articulai-je d'un ton lugubre. Ton protecteur est déchargé de ses devoirs. Désormais, le maître, ici, c'est toi. Gouverne avec sagesse et justice !

Il voulut dire quelque chose à Thorne, mais le pont-levis était presque abaissé et nous n'avions pas de temps à perdre. La fillette sur mes talons, je m'élançai sur la passerelle de bois, inclinée et glissante, et franchis d'un bond l'étroit espace restant. J'atterris sur la terre molle, de l'autre côté des douves. Des flèches tirées depuis le chemin de ronde sifflèrent autour de nous. Nous courions vite, en zigzag, et les archers valides n'étaient pas les meilleurs tireurs. Trois secondes plus tard, l'obscurité nous avait avalées.

Le vrai danger, à présent, rôdait quelque part devant nous. Le kretch s'était-il déjà régénéré? Le mage et les sorcières savaient-ils que nous avions quitté le château? Si la réponse à la première question restait incertaine, il était probable que des espions nous surveillaient. Ils auraient entendu les cris, vu le pont-levis s'abaisser. À cet instant même, ils alertaient sans doute les sorcières.

Nous fonçâmes approximativement vers l'est, là où le soleil se lèverait. Tout en courant, je m'interrogeais avec désespoir: Où aller? Vers quel refuge?

Mon esprit passait d'une solution à l'autre. Il y avait bien un endroit dont nous pourrions tirer avantage, même si nous risquions d'y rencontrer plus d'ennemies que d'amies. Je changeai donc de direction en accélérant l'allure.

– La Combe aux Sorcières est juste devant nous, objecta Thorne en se plaçant à ma hauteur.

– C'est là que nous allons, petite. C'est probablement le meilleur lieu où se battre.

Bientôt, la colline de Pendle se détacha contre le ciel. Elle avait la forme d'une énorme baleine, ce grand mammifère marin que j'avais aperçu, une fois, au cours d'une de mes traversées en mer du Nord, loin des côtes du Comté.

Nous fîmes halte dans un bois, certaines d'avoir mis une bonne distance entre nous et nos poursuivants. Nous n'approcherions pas de la Combe aux Sorcières avant la tombée de la nuit.

— Comment te sens-tu, petite ? demandai-je à Thorne.

Je craignais que l'épreuve subie dans le cachot ait affecté son aptitude au combat.

— Comment je me sens ? aboya-t-elle. À quoi faites-vous allusion ? À ce garçon ?

— Oui, à ce garçon. Et aussi aux tourments auxquels tu as été soumise.

— Le garçon n'est plus rien pour moi. Les hommes sont-ils tous aussi stupides ?

— Pas tous, il y a des tas de braves types qui feront de bons maris pour les femmes qui en cherchent un. N'aie pas trop mauvaise opinion de Will. Le voilà orphelin. En passant ce marché avec nous, il a déclenché une chaîne d'évènements qui ont abouti à la mort de son père. Maintenant, oublie-le ! Il n'aurait jamais pu faire partie de ta vie. Tu es une sorcière et tu seras un jour une tueuse. Il deviendra chevalier. Vous appartenez à deux mondes différents.

— Oui, je vais tâcher de l'extirper de mon esprit.

Thorne se tut, et je respectai son silence. Enfin, je repris :

– Et la torture ?

– La douleur causée par les coups d'aiguillon a d'abord été atroce, avoua-t-elle. Au bout d'un moment, ma sensibilité a diminué, et je l'ai mieux supportée. Quand le prêtre s'en est aperçu, il a menacé de me couper les pouces, sans attendre que je sois morte. Il savourait ma peur, je le voyais dans ses yeux. C'était insupportable. Je n'avais jamais ressenti une telle terreur, un tel désespoir. Tout ce que j'avais été, tout ce que j'aurais pu devenir m'aurait été enlevé. J'aurais été réduite à rien, à une pauvre chose honteuse, condamnée à d'éternelles railleries.

– Tu as échappé à ce sort, petite. Tu t'es montrée courageuse, tu as supporté vaillamment la souffrance. Le prêtre est mort, et tu es vivante, prête à poursuivre le combat. Nous détruirons nos ennemis, nous serons victorieuses.

– On sera en sécurité dans la combe ? demanda-t-elle. On y trouvera des alliées ?

– Il n'y a plus d'endroit sur cette terre qui soit sûr pour nous, désormais. Tout dépendra de notre première rencontre. Certaines sorcières mortes seront peut-être bien disposées envers nous ; la plupart en voudront seulement à notre sang. Mais elles protégeront leur territoire. Si on arrive à pénétrer au cœur de la combe, elles la défendront contre une menace plus importante : celle que représentent nos poursuivants.

– C'est dans la Combe aux Sorcières que vous avez affronté Kernolde, n'est-ce pas ? reprit Thorne. C'est là que vous avez gagné votre titre de tueuse.

– En effet, petite. Les années ont passé, mais il me semble que c'était hier.

– Racontez-moi !

– Tu connais cette histoire par cœur. Tu l'as entendue de ma bouche des dizaines de fois.

J'écoutai le vent qui chuchotait à travers les arbres, l'oreille au guet. Les alentours étaient tranquilles, nos ennemis à distance.

– S'il vous plaît, contez-la-moi encore ! Une histoire est à chaque fois différente. Un bon conteur se souvient de nouveaux détails et oublie les moins importants.

Avec un soupir, je consentis à sa demande. Pourquoi pas ? Cela nous distrairait un moment de notre angoisse.

– L'épreuve se déroulait toujours au nord du Triangle du Diable, où se situent les villages des Malkin, des Deane et des Mouldheel. Kernolde privilégiait comme terrain de combat la Combe aux Sorcières, où les familles enterrent les défuntes. Kernolde avait fait d'elles ses alliées, voyant par leurs yeux, flairant par leur nez, écoutant par leurs oreilles, les utilisant parfois comme des armes. Plus d'une candidate avait été vidée de son sang par une sorcière morte avant que Kernolde vienne lui couper les pouces pour prouver sa victoire.

– N'était-ce pas une tricherie, de se faire aider par des sorcières mortes ? s'enquit Thorne.

– Certains le pensent. Mais elle était la tueuse des Malkin depuis de nombreuses années. Elle était redoutée. Qui aurait osé remettre ses actes en question ?

– J'ai entendu dire que des sorcières mortes conservent de grandes forces et sont capables de parcourir des miles en quête d'une proie. Combien y en a-t-il de cette sorte ?

– Jusqu'à l'automne, elles étaient cinq. Mais, comme tu le sais, elles ne survivent pas éternellement. Elles s'affaiblissent peu à peu, des morceaux de leur corps se décomposent et se détachent. J'ai appris par Agnès que l'hiver a pris son dû ; elles ne sont plus que trois, à présent.

– À qui s'allieront-elles ? À vous ou à nos ennemis ?

– Cela reste incertain, petite. Si deux au moins combattaient à nos côtés, l'équilibre des forces serait en notre faveur.

Thorne hocha la tête, songeuse.

– Parlez-moi de Kernolde, reprit-elle.

– La plupart du temps, elle triomphait sans l'aide des sorcières mortes.

Je poursuivis :

« Les lames, les cordes et les chausse-trapes n'avaient aucun secret pour elle. Mais sa spécialité était la strangulation. Elle prenait plaisir à infliger une mort lente à celles qu'elle avait vaincues. Je savais tout cela avant que la lutte ne commence. J'y avais longuement réfléchi et j'avais exploré la combe à plusieurs reprises au cours des mois précédents. Je m'y étais rendue en plein jour, quand les sorcières mortes dorment, à des heures où Kernolde était en chasse à l'autre bout du Comté. Je connaissais chaque arbre, j'avais flairé chaque pouce de terrain, repéré les emplacements de chaque piège. Et ils étaient nombreux. Beaucoup de celles qui avaient affronté Kernolde étaient mortes avant de l'avoir seulement rencontrée. Aussi, je me tenais prête.

« Je me présentai à la lisière de la combe juste avant minuit, l'heure où le combat devait débuter. À ma gauche s'élevait la masse menaçante de Pendle. La pleine lune, haute dans le ciel, baignait ses pentes de lumière. Le feu d'un fanal s'alluma au sommet, lançant vers le ciel des gerbes d'étincelles : c'était le signal.

« Je fis alors ce qu'aucune autre concurrente n'avait fait avant moi. La plupart pénétraient dans la combe, nerveuses, tremblantes à l'idée de ce qu'elles allaient affronter. Les plus braves elles-mêmes ne s'y aventuraient qu'avec une extrême prudence. Mon attitude fut tout autre. J'annonçai mon arrivée à voix forte et claire.»

– Laissez-moi le dire, Grimalkin! S'il vous plaît! m'interrompit Thorne.

J'acquiesçai, et elle sauta sur ses pieds. La mine solennelle, elle prononça les mots mêmes que j'avais utilisés tant d'années auparavant:

– Me voici, Kernolde! Je m'appelle Grimalkin, et je viens te tuer. C'est pour toi que je suis ici, Kernolde! Pour toi! Et personne ne m'arrêtera, ni mort ni vivant!

Elle se rassit, et nous éclatâmes de rire toutes les deux.

– Vous le pensiez vraiment? me questionna enfin Thorne. Ces paroles, vous y croyiez?

– J'y croyais jusqu'à un certain point. Ma provocation n'était pas simple bravade – même s'il y avait un peu de ça –, mais le produit de nombreuses spéculations: mes cris alerteraient les sorcières mortes. Elles se montreraient. C'était ce que je voulais. Il est important de savoir localiser le danger.

«Les sorcières mortes sont plutôt lentes, je les distancerais aisément à la course. La plus dangereuse était Gertrude la Hideuse, à cause de son apparence impressionnante, et parce qu'elle était incroyablement véloce pour une sorcière trépassée depuis plus d'un siècle. Elle écumait la combe et ses environs en quête de sang frais. Cette nuit, elle serait là. Elle était la complice attitrée de Kernolde, qui la récompensait en victimes, car elle avait participé à chaque victoire.

« Je patientai une quinzaine de minutes, assez pour donner à la moins rapide des sorcières le temps d'approcher. J'avais déjà flairé la vieille Gertrude. Elle s'était terrée un moment à la lisière de la combe sans se risquer à l'extérieur, puis s'était retirée sous les arbres pour laisser ses sœurs moins agiles m'attaquer les premières. J'entendais des froissements de feuilles, des craquements de brindilles : elles rampaient vers moi. Elles étaient lentes, mais je ne devais pas commettre l'erreur de les sous-estimer. Quand une sorcière morte a refermé ses crocs sur votre chair, il est presque impossible de lui faire lâcher prise. Elle aspirera votre sang jusqu'à la dernière goutte. Certaines se tiendraient au ras du sol, enfouies sous les feuilles, prêtes à m'attraper par les chevilles si je passais à leur portée.

« Je fonçai en courant sous les arbres. J'avais déjà flairé Kernolde, sous les branches du plus vieux chêne de la combe. C'était son arbre, au cœur duquel elle stockait sa magie. Tout son pouvoir était rassemblé là. »

Je prenais plaisir à ce récit, qui me faisait revivre mon combat pour gagner mon titre de tueuse. J'avais remporté depuis bien des batailles, mais cette première victoire était celle dont le souvenir me réjouissait le plus, car elle avait marqué les vrais débuts de Grimalkin.

Je poursuivis :

« Une main jaillit hors des feuilles. Sans ralentir, je sortis un poignard de la gaine attachée à ma cuisse et épinglai la sorcière à une racine tortueuse. Retiens ce conseil, Thorne ! Ne fixe jamais une sorcière par la paume de sa main, elle la déchirerait pour se libérer. Plante toujours ta lame dans son poignet. C'est ce que je fis.

« Une autre rampait vers moi. Un rayon de lune éclairait sa face blême ; la salive qui lui dégoulinait le long du menton mouillait ses haillons maculés de taches sombres. Elle marmonnait une malédiction, assoiffée de sang. Je tirai un couteau du fourreau fixé à mon épaule droite et le lançai. La lame lui entra dans la gorge, et le choc la rejeta en arrière. J'accélérai ma course.

« Quatre fois encore, mes lames pénétrèrent des chairs mortes ; j'avais distancé la plupart des autres sorcières, les trop lentes et celles que j'avais estropiées. Mais Kernolde et sa puissante alliée m'attendaient quelque part. Je m'étais équipée de huit fourreaux, ce jour-là, chacun d'eux abritant une lame. Il ne m'en restait que deux.

« D'un bond, je franchis une fosse, puis une autre. Une couche de boue et de branchages les dissimulait, mais je savais qu'elles étaient là. Enfin, une haute silhouette me barra le chemin. Je fis halte et me préparai à l'attaque. Qu'elle approche donc, la vieille !

« Gertrude la Hideuse portait bien son nom. Sa chevelure emmêlée, grouillante de bestioles, tombait jusqu'à terre et lui couvrait le visage tel un rideau. On ne distinguait qu'un œil malveillant et une longue dent recourbée, qui lui retroussait la lèvre et touchait presque sa narine.

« Elle se jeta sur moi dans un grand jaillissement de feuilles, les mains tendues pour me griffer les joues ou me prendre à la gorge. Elle était vive, pour une morte ! Pas assez, cependant.

« De la main gauche je sortis la plus large de mes lames du fourreau fixé à ma hanche. Comme tu le sais, ce n'est pas une arme de jet, plutôt une courte épée à deux tranchants, particulièrement effilée. Je me fendis et, d'un seul geste, séparai proprement la tête de Gertrude de ses épaules. Elle rebondit contre une racine avant de rouler un peu plus loin, pour finir sa course dans un tas de feuilles pourrissantes. »

– Gertrude hante-t-elle toujours la combe ?

– On ne la voit plus que rarement. Elle décline, son esprit pourrit plus vite que son corps. J'ai certainement hâté sa décadence. Mais revenons à mon histoire...

« Une fois le sort de Gertrude réglé, j'étais prête à m'occuper de Kernolde. Elle m'attendait sous son arbre, frottant son dos contre l'écorce, y puisant des forces pour la bataille. Des cordes destinées à m'attacher pendaient aux branches.

« Elle ne me faisait pas peur. Elle m'évoquait plus un vieil ours grattant ses puces que la redoutable tueuse que tous craignaient. Courant vers elle à pleine vitesse, je tirai le dernier de mes couteaux de jet et le lui lançai à la gorge. Il tourbillonna dans les airs, puis fila droit vers sa cible. Elle le détourna d'un geste dédaigneux de la main. Je ne ralentis pas pour autant, m'apprêtant à me servir de ma longue épée. Le sol s'ouvrit alors sous mes pieds. Mon cœur rata un battement, et je tombai dans une fosse.

« Je me souviens du choc que je ressentis alors. J'étais si sûre de moi ! Mais, dans ma chute, je compris que j'avais sous-estimé mon adversaire. La rapide victoire que j'avais prévue m'était refusée. Néanmoins, je restais déterminée à me battre et à survivre.

« La lune était haute ; j'eus le temps de voir les piques acérées prêtes à m'empaler. D'un coup de reins désespéré, je tentai de m'en écarter, mais les éviter toutes était impossible. Je me contorsionnai juste assez pour m'épargner le pire : une seule me transperça.

« M'épargner le pire, dis-je ? La douleur fut atroce. La pique m'avait traversé la cuisse. Je glissai tout du long jusqu'à heurter durement le sol. Le choc me coupa la respiration ; l'épée m'échappa et retomba hors de ma portée.

« Je gisais là, luttant pour reprendre mon souffle et dominer la souffrance. Les piques étaient fines, très pointues et très longues ; elles mesuraient plus de six pieds. Pas moyen de lever la jambe assez haut pour me libérer. Je maudis ma folie. J'avais compté sur ma connaissance du terrain, mais Kernolde avait sûrement surpris mes incursions dans la combe. Elle avait attendu le dernier moment pour creuser un nouveau piège.

« Une sorcière tueuse doit sans cesse s'adapter et tirer les leçons de ses erreurs. Étendue là, à deux doigts de la mort, j'admettais ma stupidité. Je m'étais montrée trop confiante, j'avais sous-estimé Kernolde. Je me jurai, si je survivais, de tempérer ma témérité d'un brin de prudence. Si je survivais...

« La large face blême de la tueuse apparut au bord de la fosse. Elle me contempla d'en haut sans prononcer un mot. J'étais rapide et j'excellais au maniement des lames. J'étais forte, aussi, mais pas aussi forte qu'elle. Ce n'était pas sans raison qu'on l'avait surnommée Kernolde l'Étrangleuse. Après chaque victoire, elle pendait parfois ses victimes par les pouces avant de les asphyxier lentement. Elle ne s'y prendrait pas ainsi, cette fois. Elle avait vu de quoi j'étais capable et ne courrait aucun risque. Elle mettrait bientôt ses mains autour de mon cou et serrerait jusqu'à ce que le dernier souffle de vie ait quitté mon corps. J'allais expirer au fond de ce trou.

« Elle commença à descendre, dans l'intention de m'étrangler. J'étais calme, résignée à mourir s'il le fallait. Mais une idée m'était venue, qui me donnait une faible chance de m'en tirer...

« Kernolde atteignit le sol et s'approcha en contournant les piques, faisant jouer les muscles de ses mains puissantes. Je me préparai à la douleur. Pas celle qu'elle allait m'infliger, celle que j'allais délibérément m'imposer.

« Mes mains aussi étaient puissantes ; mes épaules et mes bras musclés me permettaient de soulever des poids considérables. Les piques, bien que fines et flexibles, étaient solides. Je devais pourtant tenter le coup. De là où j'étais étendue, je ne pouvais atteindre que celle qui me transperçait la cuisse. Je l'attrapai donc et la remuai d'avant en arrière, la tordant et la fléchissant. Chaque mouvement envoyait le long de ma jambe et dans tout mon corps des ondes de souffrance. Je serrai les dents et continuai la manœuvre, jusqu'à ce que la pique cédât enfin. Elle se rompit et me resta dans la main.

« Je dégageai vivement ma jambe du tronçon restant et m'agenouillai face à Kernolde. Mon sang ruisselait et imbibait la terre. Tenant la pique comme une lance, je la pointai vers mon adversaire. Avant que ses mains aient atteint mon cou, je lui aurais transpercé le cœur.

« Kernolde parut stupéfaite et recula. Mais elle se reprit vite et prépara une autre attaque. Elle avait puisé dans son arbre une grande quantité d'énergie magique. Elle se concentra pour projeter vers moi des ondes de ténèbres. Elle utilisa d'abord l'horrification, ce sortilège avec lequel les sorcières pétrifient de terreur leurs ennemis. Une vague d'épouvante déferla sur moi, et mes dents s'entrechoquèrent comme celles d'un squelette dansant une nuit d'Halloween.

« La magie de Kernolde était puissante ; pas assez, cependant, pour que je ne puisse détourner le sort. Bientôt, ses effets s'affaiblirent, guère plus pénibles à supporter que le vent qui soufflait de l'Arctique le jour où j'avais massacré les loups.

« Elle lança alors contre moi une horde hurlante d'âmes qu'elle tenait emprisonnées dans les Limbes grâce à la magie des ossements. Elles s'accrochèrent à moi, m'emprisonnant les bras, de sorte que je dus lutter de toutes mes forces pour ne pas lâcher la pique. »

– Avez-vous déjà enfermé des âmes dans les Limbes ? me demanda Thorne.

– Ça m'est arrivé, autrefois. Je ne le fais plus. C'est pourquoi je ne t'ai pas enseigné cet art. En tant que tueuses, nous valons mieux que les sorcières liées à l'habituelle magie des ossements. Certes, nous utilisons la magie, mais nos plus grands atouts restent notre habileté au combat et notre force mentale. C'est cette dernière qualité qui m'a permis de repousser les âmes envoyées par Kernolde.

« La magie noire conférait à ces morts sans repos une vigueur incroyable. Ils me serraient la gorge aussi fort que Kernolde l'aurait fait elle-même. Le plus redoutable était l'esprit d'un semi-homme, fils du Malin et d'une sorcière. Il me couvrit les yeux et introduisit ses longs doigts froids dans mes oreilles. Je crus que ma tête allait exploser. Sourde, aveugle, je me débattis en hurlant : *Tu n'en as pas fini avec moi, Kernolde. Je suis Grimalkin, j'incarne ton destin !*

« La vision me revint, les doigts du non-humain sortirent de mes oreilles avec un bruit de bouchon qui saute. J'avais de nouveau les bras libres, et je bondis sur mes pieds, mon arme levée. Kernolde se jeta sur moi, horrible ourse aux mains d'étrangleuse. Mais j'avais bien visé. Je lui enfonçai la pique en plein cœur. Elle tomba à mes pieds, et son sang se mêla au mien, imprégnant la terre. Elle hoqueta, essaya de parler. Je me penchai pour approcher mon oreille de sa bouche. "Tu n'es qu'une gamine, croassa-t-elle. Être vaincue par une gamine, après toutes ces années... Ce n'est pas possible...

– Ton temps est achevé, le mien commence, déclarai-je. La gamine t'a pris la vie, et elle va prendre tes os."

« Après avoir prélevé sur elle ce dont j'avais besoin, je hissai le cadavre de Kernolde hors de la fosse à l'aide de ses propres cordes. Puis je la pendis par les pieds à une branche, de sorte que les oiseaux, à l'aube, se nourrissent de sa chair et nettoient son squelette. Cela fait, je traversai la combe sans encombre : les sorcières mortes gardèrent prudemment leurs distances.

« Gertrude la Hideuse, à quatre pattes, tâtonnait toujours dans les feuilles pourries, à la recherche de sa tête. Sans ses yeux, elle aurait du mal à la retrouver.

Quand je sortis de dessous les arbres, le clan m'acclama. J'élevai dans ma paume les pouces de Kernolde. Toutes s'inclinèrent, en hommage à mon exploit. Katrise elle-même, qui présidait le Conventus des treize, me fit acte d'obédience. Lorsqu'elles se relevèrent, je lus dans leurs yeux un respect nouveau ; et de la peur.

«Avec cette victoire, ma quête débutait; elle ne cesserait que lorsque j'aurais détruit le Malin. Le piège garni de piques m'avait donné une idée : forger une lance bien pointue dans un alliage d'argent pour transpercer le cœur de mon ennemi.»

– Et c'est ce que vous avez fait, avant de lui trancher la tête.

– Oui, petite. Avec l'aide de Tom Ward et de son maître, John Gregory, j'ai empalé le Malin avec des lances d'argent et cloué ses mains au rocher. Puis l'apprenti de l'Épouvanteur lui a coupé la tête, que j'ai enfermée dans ce sac de cuir. Nous avons comblé la fosse avec de la terre, scellé par-dessus une large pierre plate, sur laquelle nous avons placé un rocher.

– Même si l'une de nous venait à mourir, déclara Thorne, l'autre resterait la gardienne de la tête. Et, un jour, le Démon sera détruit une fois pour toutes.

Un sourd grognement monta alors du sac. Le Malin avait écouté notre conversation, et ne l'avait pas appréciée. Dans le long silence qui suivit, je pouvais presque entendre les pensées de Thorne. Quand elle reprit la parole, ce fut pour poser une question cruciale :

– Avez-vous déjà coupé ses pouces à un ennemi vivant ?

Je compris que la terreur qu'elle avait ressentie à cette menace était encore vive en elle. Néanmoins, incapable de me contenir, je sifflai de colère.

– C'est que... certains prétendent que vous l'avez fait à ceux que vous haïssiez le plus, se justifia-t-elle.

– Mes ennemis doivent me craindre, répliquai-je. Avec mes ciseaux, je tranche la chair des morts, ceux que j'ai tués au combat. Puis je leur coupe les pouces et porte leurs os à mon cou, en guise d'avertissement. Comment faire autrement avec la vie que je mène ? Sans brutalité, sans sauvagerie, je ne survivrais pas une semaine.

– Mais des *vivants* ? insista-t-elle. Avez-vous fait ça à des vivants ?

Elle était courageuse de continuer sur ce sujet, alors qu'il me mettait visiblement en rogne. Le courage était l'une de ses qualités principales. Et l'un de ses principaux défauts. Elle pouvait se montrer imprudente. Elle ne savait pas reconnaître le moment où il valait mieux renoncer.

– Je ne désire pas en parler, dis-je calmement. Le débat est clos.

19

La Combe aux Sorcières

J'ai plongé mon regard dans l'obscur,
au cœur même de la noirceur.
Désormais, plus rien ne me fait peur.

Une heure après la tombée de la nuit, nous approchâmes de la combe. Nous fîmes halte sous les larges branches d'un chêne solitaire, à une centaine de mètres de la lisière du bois.

– Appelle-la, chuchotai-je.

La lune commençait à décroître. Quelque part derrière ces arbres, Agnès Sowerbutts avait dû s'éveiller à sa nouvelle existence de sorcière morte. Au fil du temps, tandis que son corps se décompose lentement, une sorcière devient parfois amère et retorse, prenant en grippe ceux qu'elle avait affectionnés pendant sa vie. Mais celles qui sont enterrées dans la combe n'oublient pas tout de suite leurs amours, leurs alliances ou leurs haines. Jusqu'à un certain point, elle serait toujours la même Agnès, et j'espérais pouvoir compter sur elle pour pénétrer sans danger dans la combe, ou du moins pour évaluer la situation.

Thorne poussa un long cri lugubre, rappelant celui du vautour avec une variante subtile. C'était l'avertissement qu'elle utilisait auparavant quand elle approchait du cottage d'Agnès. J'avais présenté Thorne à la vieille femme juste après avoir commencé son entraînement, et Agnès l'avait prise sous son aile. Elle lui transmettait ses recettes de potions et, à l'occasion, quand j'étais loin de Pendle, lui offrait l'hospitalité.

Nous attendîmes en silence. On percevait de faibles bruissements sous les arbres, mais rien de vivant ni de mort ne s'aventurait hors du bois. Au bout de cinq minutes, je fis signe à Thorne de recommencer. Nous patientâmes de nouveau, tandis que les feuilles du chêne chuchotaient dans le vent. C'était une nuit entrecoupée de pluies soudaines. Pendant un moment, nous n'entendîmes plus que le martèlement d'une averse plus forte que les autres.

La giboulée passa aussi vite qu'elle était arrivée, et la lune apparut brièvement. Je vis alors une forme noire qui rampait vers nous. Pas de doute, c'était une sorcière morte. Elle reniflait et renâclait, le nez à ras de terre, sa robe sombre glissant telle une ombre sur l'herbe mouillée. Je ne reconnus Agnès que lorsqu'elle releva la tête. La mort l'avait horriblement changée.

Elle s'arrêta à l'abri des branches en respirant bruyamment et s'assit avec difficulté, le dos appuyé contre le tronc du chêne. Il y eut un long silence. Seul le clapotement des gouttes d'eau tombant lentement de feuille en feuille avant de frapper le sol troublait le silence.

J'observai Agnès, et ce spectacle m'affligea. Certaines sorcières mortes sont capables de parcourir de longues distances, à la poursuite de proies humaines. D'autres, trop affaiblies, passent leur misérable existence à ramper dans la boue et les feuilles pourrissantes, à la recherche de rats et de mulots. Si telle était désormais la vie d'Agnès, je la prenais en grande pitié. Elle avait été une femme fière ; à première vue son cottage paraissait encombré, mais ses pots et ses bouteilles étaient rangés en ordre parfait sur ses étagères, et son intérieur était impeccable. On n'y aurait pas trouvé un grain de poussière. Rares sont les sorcières qui se soucient de propreté ; Agnès était une exception. Elle changeait de vêtements chaque jour et ses souliers pointus étaient si bien cirés qu'on aurait pu s'y mirer.

Thorne, choquée, se couvrit le visage de ses mains. J'étais consternée par les transformations survenues chez Agnès en si peu de temps. Sa robe en lambeaux était maculée de terre. Elle avait dû ramper dans un roncier à la recherche d'une proie. Ses cheveux, autrefois si lisses et si brillants, pendaient, gras et grouillants de vers ; des plaques de boue et de sang maculaient son visage émacié.

Impossible de faire semblant. Quoique aimable, Agnès s'était toujours exprimée sans détour. Je ne mâchai donc pas mes mots, même si je parlais à une morte.

– Cela me navre de te voir dans cet état, Agnès, lui dis-je d'une voix douce. Y a-t-il quelque chose que nous puissions faire pour toi ?

Elle secoua la tête, et des vers tombèrent sur ses genoux.

– Je n'aurais jamais pensé en arriver là. Vivante, j'étais quelqu'un d'énergique, et j'espérais le rester dans la mort. Mais j'ai tellement soif ! Je ne trouve pas assez de sang pour me désaltérer. Je n'ai pas l'énergie de chasser du gros gibier ou des humains. Les lapins sont trop rapides. Je dois me contenter de petits rongeurs.

– Et les autres mortes ? Les fortes ne font-elles rien pour les plus faibles ?

Agnès eut un signe de dénégation.

– Les sorcières mortes chassent seules et ne s'inquiètent que d'elles-mêmes.

– Ce soir, au moins, ta soif sera étanchée, lui dis-je.

Je me tournai vers Thorne.

– Apporte-lui quelque chose de gros !

L'instant d'après, la fillette avait filé.

– Je détiens toujours la tête du Malin, repris-je. C'est dans notre intérêt à toutes qu'elle reste séparée de son corps. Peux-tu nous aider ? Nos ennemis sont à nos trousses ; nous pensions trouver refuge dans la combe. Il faudrait que certaines de nos sœurs mortes combattent à nos côtés.

– Les lois ne sont pas les mêmes, ici, croassa Agnès. Je suis impuissante, et ma parole n'a aucun poids dans ce lieu obscur.

– Celles qui sont là sont-elles *pour* ou *contre* le Malin ?

– Les sorcières mortes, fortes ou faibles, ne se soucient que de sang. S'il leur arrive de penser, elles pensent à du sang. Pourvu que je ne devienne pas comme elles ! Les souvenirs de ma vie passée me sont précieux ; je veux les retenir autant que je le pourrai. Mais n'espérez pas gagner les autres à votre cause. Elles tueront tout être vivant qui pénétrera dans la combe, et vous aussi, si elles vous attrapent.

– Combien y en a-t-il à proximité, parmi les plus fortes ? demandai-je.

En même temps, je guettais les craquements et les bruissements venus de la combe, indiquant l'approche d'une des sorcières les moins vaillantes.

– Deux seulement. La troisième est partie depuis deux nuits, mais elle peut revenir à tout instant.

– C'est ce que je pensais. Si on réussit à atteindre le milieu de la combe avant l'arrivée de nos ennemis, les mortes seront nos alliées, qu'elles le souhaitent ou non.

Levant les yeux, je vis Thorne qui venait vers nous en traversant la clairière. Elle tenait dans chaque main un lièvre qui gigotait. Elle en tendit un à Agnès. La sorcière morte s'empara de l'animal terrifié, planta les dents dans son cou et aspira son sang. Le lièvre cessa enfin de se débattre ; il était mort, exsangue. Agnès se saisit alors de l'autre.

– Tu es une brave fille, Thorne, s'exclama-t-elle quand elle se fut désaltérée. C'est le meilleur sang que j'aie jamais goûté depuis que je suis arrivée dans cette maudite combe !

– J'aimerais faire plus pour vous, déclara Thorne. Vous avez toujours été bonne pour moi, Agnès. Cela me désole de vous voir ainsi.

Soudain, je flairai le danger. Je reniflai le vent. Nos ennemis étaient tout près.

– On a à peine dix minutes devant nous, dis-je à Thorne. Réfugions-nous dans la combe avant qu'il soit trop tard !

Je me tournai vers Agnès.

– Suis-nous aussi vite que tu pourras !

Je conduisis Thorne à la lisière du bois.

– Il y a des fosses et des pièges, ceux que Kernolde a creusés en son temps. J'en contournerai certains, je sauterai par-dessus les autres. Il faut avancer vite ; ne me quitte pas d'une semelle !

Je pénétrai dans la combe en courant, suivant le chemin que j'avais pris tant d'années auparavant pour aller combattre Kernolde. Cette fois, aucune main ne tenta d'agripper ma cheville. Jadis, j'avais provoqué les sorcières mortes pour les attirer à moi. À présent, nous profiterions de l'effet de surprise, et les habitantes des lieux seraient dispersées parmi les arbres. Seules les deux plus rapides seraient capables de nous intercepter. C'était une chance que la troisième eût justement quitté la combe pour chasser. Elle vadrouillerait peut-être plusieurs nuits avant de revenir.

L'emplacement de chaque fosse était encore clair dans mon esprit. Je bondis bientôt par-dessus la première. Je ne regardai même pas en arrière pour m'assurer que Thorne me suivait. Elle avait le pied aussi sûr que le mien, et des réactions aussi rapides. Je franchis une deuxième fosse, puis une troisième. Je dus ensuite obliquer sur la gauche pour en éviter une quatrième : un tronc d'arbre formait une barrière de l'autre côté, rendant le saut impossible. Je me rappelai de quelle façon Kernolde m'avait trompée en préparant un piège supplémentaire au fond garni de piques. Une brusque inquiétude me saisit.

Et si elle en avait creusé de nouveaux ? D'autres que je ne connaissais pas ?

Je m'efforçai de me calmer, sans ralentir l'allure.

L'arbre de Kernolde apparut alors. Après tant d'années, en dépit des intempéries, des cordes pendaient encore à ses branches.

Je fis signe à Thorne de s'arrêter et désignai la fosse du doigt. Elle était partiellement recouverte de branchages et de fougères, sur lesquels de nombreux automnes avaient déposé une couche de feuilles mortes. On voyait, sur le bord, le large trou à travers lequel j'étais tombée, pour m'empaler en contrebas. Nous contournâmes le piège pour venir nous adosser à l'énorme tronc, comme Kernolde l'avait fait jadis. Revenir à cet endroit me procurait une curieuse impression. La vie me ramenait à mon point de départ, et je pressentais que j'aurais bientôt à affronter un péril similaire.

Un froissement de feuilles, sur ma droite, m'alerta. Quelque chose approchait. Sans doute l'une des plus faibles habitantes des lieux ; elle ne représentait pas une réelle menace. Puis d'autres bruits s'élevèrent : des craquements de brindilles, et les pas lourds d'un être qui ne craignait pas de trahir sa présence.

Une sorcière morte apparut. Elle était grande. Même si je l'avais connue en vie, elle m'aurait été à présent parfaitement étrangère. À la place de son œil droit, elle n'avait qu'une orbite vide, et la chair, de ce côté du visage, avait disparu, révélant l'os de la pommette et le bas du crâne. Dans l'œil restant qui me fixait flambait une lueur de haine. Cette créature avait quelque chose d'inhabituel. Dans la ceinture de cuir qui retenait sa jupe poissée de sang était passée une lame au pommeau recourbé, telle la corne d'un bélier, et elle tenait une longue lance. Les sorcières mortes n'ont pas coutume de s'équiper de la sorte. Leur force surhumaine, leurs griffes et leurs dents sont des armes suffisantes.

Brusquement, je la reconnus, et tout devint clair. C'était Needle, la tueuse que Kernolde avait détrônée. Une sœur de mon clan aurait pu être une alliée, mais le regard hostile de son œil unique exprimait tout le contraire. Il y dansait une lueur de folie.

– Tu as franchi la ligne, siffla Needle. Ici, c'est *mon* territoire, celui des morts, pas celui des vivants. Viens-tu me provoquer, Grimalkin ?

– Pourquoi une vivante provoquerait-elle une morte ? rétorquai-je. Ton temps est passé. Kernolde t'a vaincue, et je l'ai vaincue. Un jour, mon temps passera aussi, et je m'installerai parmi vous. Nous pourrions nous associer, car un ennemi redoutable approche.

– Kernolde trichait. Elle ralliait des mortes à sa cause. Dans un combat loyal, j'aurais eu le dessus, et le moment venu, tu aurais péri toi aussi par ma main. C'est pourquoi je te défie. Battons-nous, rien que toi et moi !

– Si tu m'aidais d'abord à vaincre notre ennemi commun ? lançai-je. Qu'en dis-tu ?

– Quel ennemi ?

– Des serviteurs du Malin. Ils veulent s'emparer de ce que je transporte dans ce sac.

Dénouant les cordons qui le fermaient, j'en sortis la tête du Malin et la brandis devant Needle.

Elle eut un rictus grotesque, et un rayon de lune se refléta sur l'os blanc de son crâne.

– Je n'aime pas le Malin, dit-elle. Mais je ne t'aime pas davantage. On t'appelle la plus grande tueuse des Malkin. C'est un mensonge.

Je remis la tête dans le sac et m'apprêtai à renouer le cordon quand un éclair de démence s'alluma dans l'œil de Needle. Elle courut vers moi, la lance pointée sur mon cœur.

Laissant tomber le sac, je me mis en position de défense. Les plus puissantes des sorcières mortes sont agiles et plus fortes qu'aucun être vivant. Elles peuvent vous arracher les membres à mains nues. Celle-ci était pire ; sa réputation n'était pas usurpée. Elle serait difficile à circonvenir.

Thorne tira une lame et fit mine de venir à mes côtés. D'un geste, je lui enjoignis de rester à l'écart. Ma fierté m'obligeait à affronter seule la tueuse. À la dernière seconde, j'esquivai, et la pointe de la lance me manqua d'un pouce. Je tenais mon épée à la main. J'avais autrefois tranché la tête d'une sorcière morte dans cette combe. Pour stopper Needle, je devrais sans doute recommencer, peut-être même la tailler en pièces. Je tentai cependant une dernière fois de m'en faire une alliée.

– Aide-moi à vaincre nos ennemis, ensuite, nous nous battrons, proposai-je.

– Battons-nous maintenant ! rugit-elle. Je vais te tuer, puis je t'arracherai le cœur et t'enverrai droit dans l'obscur. Je prendrai aussi tes pouces. Tu seras déshonorée, effacée de l'histoire des Malkin. Tu ne seras plus *rien*.

Elle leva de nouveau la lance et bondit. Elle était au-delà de toute raison, ayant ruminé ses griefs au cours des longues années passées en compagnie des mortes. Je m'étais placée dos à la fosse et je savais exactement quelle tactique employer. Je m'écartai pour éviter sa lance et lui assénai un coup de poing à l'arrière de la tête. Elle bascula dans la fosse sans un cri. Mais, lorsqu'elle se fut empalée sur les piques de Kernolde, elle se mit à pousser des hurlements de banshee.

– Je croyais qu'une sorcière morte devenait insensible, s'étonna Thorne en contemplant Needle depuis le bord.

Chaque pique mesurait plus de six pieds de long. Quatre l'avaient transpercée, et son corps avait glissé jusqu'au fond de la fosse. L'une lui sortait de l'épaule gauche, les autres lui traversaient la gorge, la poitrine et le ventre.

Je remarquai la pique que j'avais brisée moi-même pour me libérer et me rappelai la douleur éprouvée.

– Ce n'est pas tout à fait exact, expliquai-je à Thorne. Mais elle souffre surtout de la frustration d'avoir raté son coup. Elle sait qu'elle a perdu et, pire encore, que je l'ai vaincue aisément. Son corps résiste, alors que son esprit se décompose, et elle sombre dans la folie. Je l'avais surestimée. Elle n'est plus que l'ombre de ce qu'elle fut.

J'avais presque pitié d'elle, car elle avait été une tueuse renommée; sa chute n'en était que plus sévère. J'espérais seulement n'être jamais réduite à un tel état.

Des cris et des bruissements emplissaient à présent le sous-bois. Les sorcières mortes approchaient, alertées par les plaintes de Needle. Puis j'entendis autre chose. Thorne et moi reniflâmes ensemble. Cette fois, ce n'était pas une tentative de localiser une menace ou d'estimer la puissance de l'adversaire. Car ce que nous sentions, n'importe quel humain l'aurait reconnu; et n'importe quel habitant de la forêt aurait été saisi d'effroi.

C'était une odeur de fumée, de bois brûlé. Je compris aussitôt.

– Ils ont mis le feu à la combe! s'exclama Thorne.

Je balançai le sac sur mon épaule. Au même instant, une rafale de vent venue de l'ouest hurla entre les arbres. Ils avaient invoqué la tempête et allumé l'incendie grâce à la magie noire, et l'humidité des feuillages serait impuissante à le repousser. Les flammes allaient dévorer la combe, consumant tout sur leur passage.

Nos ennemis n'auraient pas à s'aventurer dans le bois pour nous trouver, ni à combattre les sorcières mortes. Ils attendraient à la lisière, à l'est, que le brasier nous ait chassées de la combe.

20

Je les tuerai tous

Je m'attends à périr de mort violente,
mais j'entraînerai nombre de mes ennemis avec moi !

Nous n'avions pas le choix, il fallait fuir vers l'est. Les crépitements du feu dominaient déjà les hurlements du vent, et une fumée noire s'épaississait au-dessus de nous, obscurcissant la lumière de la lune.

– On va avancer au rythme des flammes, dis-je à Thorne, puis quitter la combe et massacrer quiconque nous barrera le chemin.

C'était plus facile à dire qu'à faire. La fumée nous piquait les yeux, nous étions secouées par des quintes de toux. De plus, l'incendie progressait à grande vitesse, d'arbre en arbre et de branche en branche, avec un rugissement infernal. Il menaçait de nous rattraper à tout instant, et notre trot se changea vite en un galop éperdu.

Des animaux fuyaient autour de nous : un couple de lièvres et des dizaines de rats qui couinaient d'épouvante, la fourrure roussie ; certains brûlaient sans cesser de galoper. J'eus une pensée pour la pauvre Agnès. Si elle prenait feu, du moins son agonie serait brève, et sa misérable existence de sorcière morte s'achèverait. Mais je savais que certaines habitantes de la combe survivraient ; elles utiliseraient leurs griffes acérées pour s'enfouir dans le sol humide, sous l'épaisseur des feuilles tombées. Elles bénéficieraient de l'expérience acquise au cours des longues années passées ici. Nous ne pouvions espérer les imiter ; nous n'en avions pas le temps.

Les arbres s'éclaircissaient, mais la fumée nous brouillait la vue. Je sentis soudain qu'on s'approchait par-derrière. Je pivotai pour affronter cette nouvelle menace. C'était une sorcière morte – l'une des plus fortes –, les cheveux et les vêtements en feu. Elle nous dépassa sans nous remarquer. Elle courait en hurlant tandis que les flammes la consumaient, consciente que son temps dans la combe arrivait à sa fin. Bientôt son âme sombrerait dans l'obscur.

Je me demandais où était le kretch. Il nous attendait sûrement de l'autre côté. Alors que nous franchissions la lisière du bois, une sorcière nous attaqua par la gauche, une vivante, cette fois, l'avant-garde de nos ennemis. Thorne l'abattit d'un geste sûr, et nous accélérâmes.

Alors, par-dessus les sifflements du vent et le rugissement de l'incendie, le cri lugubre du kretch monta, quelque part derrière nous. Puis il se mit à hurler, telle une horde de loups affamés. Et sa voix puissante tonna dans la nuit :

Je vous tiens ! Vous ne m'échapperez pas ! Je vais boire votre sang, déchiqueter votre chair ! Je vous dévorerai le cœur et j'aspirerai la moelle de vos os !

Nous obliquions vers le sud, à présent ; notre course nous conduirait à l'est du bois des Corbeaux. Je pensais à la lamia restée dans la tour. Si elle avait eu le temps de reprendre sa forme ailée, elle aurait pu voler à notre aide. Il était malheureusement trop tôt pour que sa métamorphose soit achevée. Ce n'était pas d'elle que nous viendrait le secours.

C'est alors que les éclairs de lumière annonciateurs d'une crise s'allumèrent au coin de mes yeux. Réussirais-je à conduire Thorne en lieu sûr ? Presque aussitôt, un accès de faiblesse me saisit. Le souffle court, le cœur palpitant, les jambes flageolantes, je fus obligée de ralentir. Thorne me jeta un regard anxieux. Je fis halte, pliée en deux, les mains sur les hanches. Puis tout mon corps se mit à trembler.

– Non ! Non ! Non ! criai-je.

Puisant dans mes dernières réserves de pouvoir, je me forçai à avancer. En vain. Au bout d'une dizaine de pas chancelants, je dus m'arrêter de nouveau. Thorne fit demi-tour pour se porter à mes côtés.

– Continue ! lui ordonnai-je. Tu peux les distancer, pas moi. Ce sont les effets du poison.

Thorne secoua la tête.

– Je ne partirai pas sans vous.

Je lui tendis le sac de cuir.

– Il n'y a que ça qui compte. Prends-le et fuis ! Tiens-le hors de portée de leurs griffes à n'importe quel prix !

– Je ne peux pas vous laisser.

– Tu le peux et tu le dois, dis-je en lui mettant le sac dans les mains. Maintenant, file !

J'étais résignée à mourir là. Je n'en pouvais plus, j'étais exténuée.

Thorne balança le sac sur son épaule, mais il était déjà trop tard.

Un hurlement s'éleva derrière nous, suivi d'un bruit de pattes, le kretch apparut.

La bête avait encore changé depuis notre dernier affrontement. Non seulement ses yeux s'étaient régénérés après que nous les avions crevés avec nos dagues, mais ils étaient différents. Une fine bordure d'os blanc les surplombait.

Et surtout, il était plus grand. Ses avant-bras paraissaient plus musculeux, ses griffes plus longues et plus acérées. Des taches de gris parsemaient sa fourrure. Commençait-il à vieillir? Les kretchs ont habituellement une courte espérance de vie. Tibb, celui que les Malkin avaient créé, n'avait vécu que quelques mois.

D'un mouvement fluide, Thorne sortit une dague d'un des fourreaux qu'elle portait à l'épaule et la projeta dans l'œil droit de la bête. Juste avant l'impact, la bordure osseuse s'abaissa, de sorte que la lame rebondit sans causer aucun dommage.

Grâce au pouvoir hérité de son démon de père, la créature ne cessait de se perfectionner. Qu'on exploite une de ses faiblesses, et à la rencontre suivante, cette faiblesse aura disparu. Protégés par leurs paupières blindées, ses yeux n'étaient plus une cible facile.

J'inspirai profondément, m'efforçant de contrôler le tremblement de mes membres, je visai un point sous son oreille gauche et lui lançai une lame à la gorge. Le kretch semblait plus véloce que jamais : il écarta le projectile d'un revers de main. Je chancelais, des traits de lumière m'éblouissaient, la bile me montait à la bouche. Puis je compris ce que Thorne s'apprêtait à faire et je hurlai :

– Non !

Mon cri demeura sans effet. Thorne était brave, mais parfois téméraire, et cette qualité devenait alors un dangereux défaut. Elle était de nouveau la gamine de dix ans qui s'était ruée sur l'ours, une épée à la main gauche. Et c'était cette même épée, sa première, celle que je lui avais donnée tandis que nous mangions la chair de l'animal auprès du feu, qu'elle brandissait maintenant.

Elle était bien plus rapide et plus dangereuse que l'enfant qui avait frappé l'ours à la patte. Cependant, le kretch était infiniment plus fort et plus redoutable qu'aucun ours ayant parcouru cette terre. Et j'étais incapable de reproduire le jet qui avait abattu la bête avant qu'il ne tue l'imprudente fillette. J'étais tombée à quatre pattes, tout tournait autour de moi, mon esprit s'obscurcissait.

J'eus le temps de voir le kretch ouvrir largement la gueule et la refermer sauvagement sur l'épaule de son adversaire, de voir Thorne brandir une autre lame de sa main droite et frapper à coups redoublés le poitrail de la bête.

Puis plus rien.

Combien de temps étais-je restée étendue là ? Sans doute pas plus d'une heure. Je me redressai lentement sur les genoux, et une nausée me tordit l'estomac. Je vomis jusqu'à ne plus avoir que de la bile à recracher.

Le kretch était parti. Que s'était-il passé ? Pourquoi ne m'avait-il pas tuée tandis que je gisais, sans défense ? Je me levai en chancelant pour chercher des indices. Rien ne laissait supposer que des sorcières s'étaient tenues ici. Je ne voyais qu'un cercle boueux à l'endroit où Thorne et la bête avaient combattu ; puis les empreintes du kretch s'éloignaient vers le nord.

Avait-il emporté Thorne entre ses mâchoires ?

Je flaire la piste, bien qu'encore mal assurée sur mes jambes. Peu à peu, les forces me reviennent, mon souffle reprend son rythme normal. Je suis les traces du kretch ; elles remontent presque jusqu'à la lisière de la Combe aux Sorcières. Des arbres brûlent encore, mais la magie a déserté les lieux, et le vent a tourné. Une bonne moitié de la combe semble avoir été épargnée par le feu, elle est seulement coupée en son milieu par une large bande noire de végétation calcinée.

Puis j'aperçois quelque chose, sur le sol, près d'une souche incandescente. Un corps humain.

Est-ce celui d'une sorcière morte qui fuyait l'incendie ? Je m'avance, ralentissant à chaque pas. Je ne veux pas approcher car, tout au fond de moi, je sais déjà de quel cadavre il s'agit. Le sol boueux a été piétiné. Un grand nombre de sorcières s'est rassemblé ici.

L'instant d'après, mes pires craintes se confirment.

C'est le corps de Thorne.

Ça ne fait aucun doute. Mon dernier espoir s'effondre.

Elle gît sur le dos, raide morte. Elle fixe le vide de ses yeux grands ouverts, le visage figé dans une expression d'horreur et de douleur. L'herbe est imprégnée de son sang. Ses mains ont été mutilées. Ils lui ont pris ses pouces, ils les lui ont coupés alors qu'elle vivait encore.

Je m'agenouille auprès d'elle et je pleure.

Grimalkin ne pleure pas.

Pourtant, je pleure.

Le temps passe. Combien de temps ? Je ne sais pas.

Accroupie devant un feu, je rôtis un morceau de viscère. Je tourne la broche régulièrement pour que sa cuisson soit parfaite. Puis je le coupe en deux.

Il y a deux moyens de s'assurer qu'une sorcière ne reviendra pas du monde des morts. Le premier est de la brûler, le second de lui manger le cœur. Je me suis doublement assurée que le vœu de Thorne soit exaucé. J'ai brûlé son corps. Maintenant, je mange son cœur. Et je pleure.

Quand j'ai terminé, je me mets à parler à voix haute, et le vent emporte mes paroles à travers les arbres jusqu'aux quatre coins de la terre :

– Tu as été brave dans la vie ; sois brave dans la mort ! Qu'importe la perte de tes pouces ! Ils te les ont pris, mais ils n'ont pas pu t'enlever ton courage. Ils n'ont pu réduire à néant ce que tu étais. Car, si tu avais vécu, tu serais devenue la plus grande tueuse du clan Malkin. Tu aurais pris ma place, surpassé mes hauts faits, empli tes ennemis de terreur.

Si tu t'inquiètes de ta renommée, sois sans crainte ! Qui osera prétendre : « Nous lui avons pris ses os » ? Ils ne seront plus là pour s'en vanter, car aucun ne survivra. Je les tuerai tous. Je les tuerai jusqu'au dernier.

Aussi, repose en paix, Thorne, car ce que je dis, je le fais.

Il en sera ainsi.

Je suis Grimalkin.

21

Ma dernière alliée

Je suis chasseuse et forgeronne,
passée maîtresse dans l'art de façonner des armes.
J'en concevrai une spéciale pour toi,
forgée dans l'acier qui t'ôtera la vie.

À l'aube, j'avais fait le point de la situation, écarté ma peine et ma colère. Il me fallait raisonner froidement et concevoir un plan.

Pourquoi le kretch ne m'avait-il pas tuée ?

Peut-être qu'à l'agonie Thorne s'était battue si sauvagement, l'avait blessé si gravement qu'il n'avait plus la force de s'occuper de moi ? J'avais beau tenter de m'en convaincre, je savais que ce n'était pas l'explication. J'étais restée inconsciente. Après en avoir fini avec elle, il aurait pu me traiter à sa guise. Non, la réponse était claire : ma mort lui importait peu. Récupérer le sac était son principal objectif. Il avait été conçu pour me tuer, mais ce n'était qu'un moyen pour parvenir à une fin : reprendre la tête du Malin et lui rendre la vie. En s'emparant de Thorne, le kretch s'était emparé aussi du sac, qu'elle portait à l'épaule. Il l'avait aussitôt rapporté à ses créateurs. Ils avaient coupé les pouces de Thorne et l'avaient laissée mourir. À présent, ils se dirigeaient vers la côte. Il leur fallait gagner l'Irlande pour réunir la tête et le corps.

Je n'avais d'autre choix que de les suivre et de tout faire pour les arrêter. Or, assise là, dans la froide lumière grise de l'aube, je pesai mes chances de succès ; elles étaient bien minces. Ma magie épuisée, mes forces taries, je pouvais à tout instant souffrir d'une nouvelle crise. Et j'étais seule. Seule contre tant d'adversaires.

J'avais besoin d'aide. Vers qui me tourner, désormais ? La réponse me sauta à l'esprit : Alice Deane.

Elle était la dernière alliée sur qui je pouvais encore compter. Tous ceux qui avaient accepté de m'épauler étaient morts. J'avais entraîné avec moi Agnès Sowerbutts et Thorne, et toutes deux étaient mortes. Morts aussi Wynde, la lamia, et le chevalier que j'avais manipulé pour qu'il serve ma cause. Tant d'êtres avaient péri ! Mais Alice ? En m'aidant, elle risquerait sa vie, elle aussi.

Moi, Grimalkin, je n'aurais pas dû me poser de telles questions. C'était une marque de faiblesse. Je devais agir sans me soucier des conséquences. En tout cas, je ne réclamerais ni l'assistance de John Gregory ni celle de Tom Ward. L'apprenti était trop précieux. Il représentait peut-être l'ultime chance de détruire le Malin. Non, je n'avais pas le droit de le mettre en danger. Le plus vite possible – dès que j'aurais abattu le kretch et récupéré la tête –, je l'escorterais à la tour Malkin.

Quant à l'Épouvanteur, il déclinait et, de toute façon, il se montrait bien trop scrupuleux. Il n'aurait pas la trempe nécessaire. Deux sorcières ensemble, c'était la meilleure solution. Je ne m'adresserais qu'à Alice. Elle accepterait peut-être de me prêter de sa force.

Je sortis mon miroir de sa pochette et me préparai à la contacter. Je fis trois tentatives, en vain. Cette magie mineure elle-même n'était plus à ma portée. J'étais vidée.

J'irais donc la trouver. Je marcherais jusqu'à Chipenden, où l'Épouvanteur s'occupait à rebâtir sa maison.

Je suivis mes ennemis à la trace, passant au nord de Pendle avant de me diriger vers la vallée de la Ribble. Là, la piste obliquait vers l'ouest, sans toutefois franchir le gué; elle continuait au sud de la rivière. J'en déduisis qu'ils ne se rendaient pas à Sunderland. Ils iraient plutôt chercher un bateau à Liverpool.

Avançant aussi vite que je le pouvais, j'abandonnai ma traque à contrecœur, traversai la Ribble et remontai vers le nord-ouest. Je devais d'abord gagner Chipenden. Même si ça me faisait perdre une demi-journée, je pourrais encore rattraper les sorcières avant qu'elles aient embarqué.

J'évitai le village et m'engageai sur le sentier en pente montant vers la propriété de l'Épouvanteur. Jadis, je ne me serais pas risquée à pénétrer dans le jardin. Mais Alice m'avait dit que le gobelin, l'ancien gardien des lieux, était parti : son pacte avec John Gregory avait pris fin quand la maison avait brûlé et que la toiture s'était écroulée.

Malgré tout, je ne m'aventurai sous les arbres du jardin ouest qu'avec précaution. J'apercevais un peu plus loin la maison de l'Épouvanteur. En m'approchant, je découvris des tables sur tréteaux, des planches et divers matériaux de construction. Quelque part, un ouvrier invisible sciait du bois. Le toit était déjà refait, et une mince spirale de fumée montait de la cheminée. Soudain, j'entendis des voix que je reconnus aussitôt, bien qu'affaiblies par la distance.

Si la magie m'avait abandonnée, il me restait certains talents innés, comme mon flair de sorcière. C'était Alice et Tom Ward, l'apprenti. L'Épouvanteur n'était pas avec eux. Sans doute était-il en train de chauffer ses vieux os devant un bon feu.

Courbée en deux, je me rapprochai et m'accroupis derrière un gros tronc d'arbre.

– Ce n'est pas juste, Tom, protestait Alice. Rien n'a changé. J'aurai beau faire, le vieux Gregory ne m'accordera jamais sa confiance. Il m'interdit toujours de vous accompagner. Pourquoi ? Essaie de le convaincre !

– J'essaierai, promit le garçon. Mais tu connais son entêtement. Il veut partir demain à la première heure. Nous ne serons absents que quelques jours. Tu seras bien, ici.

– Je serai sûrement mieux ailleurs, rétorqua Alice. Allez donc chercher ces vieux bouquins tous les deux ! Je vais aller me promener pour réfléchir tranquillement. Ça me calmera.

– Ne sois pas comme ça, Alice ! Tu sais bien que ce n'est pas ma faute.

La fille ne voulut rien entendre. Elle partit à grands pas dans ma direction. Au bout d'un moment,

Tom retourna vers la maison, la tête basse. En passant près de moi, Alice jeta un coup d'œil de côté. J'eus un choc en découvrant ses cheveux blancs, résultat de son séjour dans l'obscur et des tourments infligés par le Malin et ses serviteurs. Avant de quitter l'Irlande, elle était entrée en contact avec moi pour me raconter ce qu'elle avait vécu dans l'obscur.

Elle sourit, puis poursuivit son chemin, sortit du jardin et traversa le champ pour gagner l'allée. Ayant flairé ma présence, elle avait tout de suite compris : je ne voulais pas être vue de Tom !

Je la suivis. Elle pénétra dans l'ombre d'un bouquet d'arbres, où elle m'attendit. Elle fronça les sourcils en me voyant approcher :

– Où est la tête du Malin ?

– Nos ennemis s'en sont emparés hier ; ils se dirigent à présent vers la côte, vers Liverpool, je pense. J'ai besoin de ton aide.

Alice parut terrifiée. Il y avait de quoi ! Si les serviteurs du Malin réunissaient sa tête à son corps, il parcourrait de nouveau la terre. Ni elle ni Tom n'était plus protégé par la fiole de sang. Aussitôt libre, le Malin s'emparerait d'eux. Il les entraînerait dans l'obscur, où ils subiraient une éternité de tourments.

– Quel genre d'aide ? s'enquit-elle.

– Ma magie m'a quittée, Alice ; je l'ai entièrement consumée.

– La magie n'est pas tout, objecta-t-elle. Vous êtes Grimalkin. Vous avez vos lames. Poursuivez-les et abattez-les un à un. Qu'est-ce qui vous en empêche ? Je ne vous ai jamais entendue parler comme ça. Qu'attendez-vous de moi ?

– Mes lames ne suffiront pas. Ils sont trop nombreux. J'ai besoin de magie pour contrer la leur, pour me dissimuler et profiter de l'effet de surprise. Et puis, il y a le kretch, conçu spécialement pour me reprendre la tête du Malin. Il est redoutable. Il a massacré une des lamias qui gardent la tour Malkin. Ses griffes inoculent un poison mortel. Il m'a gravement blessée. Maintenant, je suis sujette à de fréquents accès de faiblesse.

– Ma tante, Agnès Sowerbutts, saura vous soigner. Même si ce n'est pas l'avis de tout le monde, je la considère comme la meilleure guérisseuse de Pendle.

– Elle a tenté de le faire, Alice. Elle m'a ranimée alors que j'étais au seuil de la mort. Mais les dégâts sont irréversibles. Tu n'imagines pas à quel point les choses ont mal tourné. Agnès est morte. Ils l'ont tuée. Ils ont tué Thorne et lui ont pris ses pouces alors qu'elle vivait encore, et...

Je voulais lui raconter combien Thorne s'était montrée courageuse, comment elle m'avait sauvée après que le kretch m'avait empoisonnée. L'émotion me coupa la parole.

Quand elle eut saisi le sens de mes paroles, les yeux d'Alice s'agrandirent d'horreur.

– C'est pourquoi j'ai besoin de ta magie, insistai-je. Tu en as tant ! Prête-m'en juste un peu !

– Non ! cria-t-elle, les poings serrés. Non, je refuse. Restaurez votre propre magie. Vous le pouvez.

Je savais ce qu'elle suggérait : que je tue, coupe les pouces de mes victimes et célèbre les rituels nécessaires. C'était une possibilité, irréalisable, hélas ! en ces circonstances.

– Encore une journée, et ils auront embarqué pour l'Irlande avec la tête du Malin. Je n'ai pas le temps d'utiliser les méthodes habituelles. Transmets-moi un peu de ton pouvoir, Alice ! Tu en as bien plus qu'il ne t'en faut. De ce fait, tu me soigneras.

Alice est une sorcière très particulière, comme on en trouve rarement. Elle ne pratique ni la magie des ossements, ni celle du sang, ni celle des compagnons familiers. Son pouvoir est en elle. Un pouvoir inné, formidable, qui constitue son être même, sa personnalité.

– Je ne peux pas y toucher, vous le savez ! répliqua-t-elle. En usant de l'obscur, on s'intègre peu à peu à l'obscur. Et ça, je ne le veux pas !

– Pourtant, tu l'as déjà utilisé, l'accusai-je.

– Ce n'est que trop vrai ! En Irlande, pour sauver Tom. Je ne recommencerai pas, ce serait trop risqué.

– Il le faut. Sinon le Malin t'emportera, et plus tôt que tu ne le penses. Combien de temps leur faudra-t-il pour le sortir de la fosse et lui rendre sa tête ? Même en comptant la traversée et le voyage jusqu'à Kerry, il pourrait être là en moins d'une semaine. Pour s'emparer de toi, et de Tom. C'est ce qui arrivera, Alice, si tu ne m'aides pas.

Elle resta silencieuse un long moment. Quand elle parla, sa voix n'était qu'un murmure :

– Soit ! Je viens avec vous. Poursuivons-les, on verra bien. Mais je ne vous promets rien. Attendez-moi ici. Je vais prévenir Tom.

– Non, ce serait une erreur. Inutile de les mettre en danger, lui et son maître. D'ailleurs, ils partent de leur côté demain matin. J'ai surpris votre conversation dans le jardin. Ils seront absents quelques jours. Quand ils rentreront, tout sera terminé.

– Ils se rendent à la frontière de l'Est, précisa Alice. Le vieux Gregory a eu vent d'une collection de livres sur l'obscur. Il espère en acquérir une partie pour reconstituer sa bibliothèque. Vous avez raison. Laissons-les en dehors de ça.

Nous nous mîmes donc en route, sans tergiverser davantage. Quelques heures plus tard, ayant retrouvé la piste de nos ennemis, nous nous dirigions vers la côte.

22

Une pernicieuse

*Alice Deane possède toutes les qualités requises
pour devenir la sorcière la plus puissante
qu'on aura jamais connue.*

Nous suivîmes nos ennemis à la trace, gagnant du terrain.

Quand notre flair nous apprit qu'ils s'apprêtaient à camper pour la nuit, nous n'étions plus qu'à deux miles derrière eux.

Installées dans un bosquet, nous regardâmes les étincelles qui jaillissaient de leurs feux, telles des lucioles. Nous étions assez rapprochées, à présent, pour être repérées. Si nous pouvions les flairer, ils le pouvaient aussi. Ils enverraient alors une partie de leurs troupes contre nous.

– Alice, dis-je, tu ferais bien d'utiliser ta magie pour nous rendre invisibles. Le kretch a réussi à me trouver en dépit de mes efforts de dissimulation. Prépare un sort puissant !

Elle acquiesça, s'adossa au tronc d'un arbre, ferma les yeux et entonna une incantation à mi-voix. La lune s'était levée et projetait de grandes ombres sur le sol. À sa lumière, j'observai Alice. Elle paraissait plus vieille, et pas seulement à cause de ses cheveux blancs. Son visage était empreint d'une maturité qui n'était pas de son âge. Elle en avait trop vu.

Quand elle ouvrit les yeux, j'eus un choc. Il me sembla qu'un être puissant me regardait, venu du fond des temps, quelqu'un d'à peine humain qui parcourait la terre depuis l'origine du monde. Cela ne dura qu'une seconde et s'effaça dès qu'elle sourit. J'en frissonnai malgré tout.

– C'est fait, dit-elle. Ils ne nous trouveront pas.

– Il faut maintenant que tu tentes de me soigner. Fais-le. Guéris-moi, puis transmets-moi un peu de ta magie.

Son sourire s'effaça.

– Je ne suis pas sûre d'en être capable.

Me redonner des forces magiques était possible. Les sorcières de Pendle y réussissaient, quoique à

contrecœur; elles se comportaient comme des prê-
teurs d'argent, comptant bien être remboursés plus
tard avec intérêt. Quant à me rendre la santé, Alice
n'y parviendrait peut-être pas. Agnès avait échoué,
elle qui était une véritable guérisseuse. Pourtant,
Alice ne doutait pas de ses capacités : elle en craignait les conséquences.

– C'est de la magie noire, expliqua-t-elle.

Et ce fut son tour de frissonner.

– Ça risque de me coûter très cher, reprit-elle.
Je risque de devenir une véritable pernicieuse. C'est
pour ça que le vieux Gregory ne me fait pas confiance.
Il a toujours pensé que je tournerais mal.

Je haussai les épaules.

– Quel mal y a-t-il à devenir une pernicieuse ?
J'en suis une. Tu ne serais pas pire que moi. Tu ne
peux pas combattre ta propre nature. Peut-être
est-ce à cela que tu étais destinée.

– Il y a des sorcières pires que vous, Grimalkin.
Vous respectez votre code de l'honneur. Vous ne
tuez pas pour le plaisir ; vos victimes méritent leur
sort. Vous aimez affronter des ennemis dangereux,
mais vous ne vous acharnez jamais sur les faibles.
Certaines sorcières le font ; certaines s'enorgueil-
lissent des souffrances qu'elles infligent. Je ne veux
pas finir comme elles. Et si je fais usage du pouvoir

que j'ai reçu, c'est ce qui arrivera, j'en ai peur. Je ne dois pas oublier qui je suis : la fille du Malin !

– Tu seras ce que tu dois être, Alice. Ton chemin est tracé, comme l'est celui de Tom Ward. Pour t'accomplir totalement, tu as des degrés à gravir. À présent, guéris-moi et donne-moi de ta magie ! Fais-le, s'il te plaît, sinon le Malin sera de nouveau libre de parcourir la terre. Alors, il s'emparera de Tom et de toi.

– Je n'ai pas le choix, hein ? fit-elle, frissonnante.

Puis elle m'ordonna :

– Agenouillez-vous face au nord.

Docile, je tombai à genoux, tournée vers le point le plus favorable à la guérison comme au transfert de pouvoir. Alice posa les mains sur mon front.

– Je vais d'abord tenter de vous guérir, murmura-t-elle.

Je ne savais trop à quoi m'attendre. Avec une guérisseuse telle qu'Agnès Sowerbutts, l'utilisation d'herbes et de décoctions comptait autant que les formules et le rituel. Alice se servait elle-même de tels remèdes, qu'elle transportait dans un sachet de cuir. Or, à cet instant, elle se contentait de cette imposition des mains. Elle ne psalmodiait aucun sort.

– C'est difficile, soupira-t-elle au bout d'un moment. Le poison a pénétré profondément, il s'est répandu dans chaque parcelle de votre corps.

À certains endroits, les dommages sont à peine perceptibles ; à d'autres ils sont manifestes et importants. Il faut que je mette en œuvre une plus forte dose de magie, mais je crains de vous blesser. Le processus pourrait même vous tuer.

– Que cela ne te retienne pas, affirmai-je. Je préfère être morte qu'amoindrie.

– C'est votre choix. Mais si vous mourez, qui récupérera la tête du Malin ?

– Je suis incapable de la récupérer dans l'état où je suis, alors, quelle différence ? Si je meurs, va chercher Thomas Ward. Travaillez ensemble. Vous êtes les seuls à avoir une chance contre nos ennemis.

Je sentis une légère vibration dans les doigts d'Alice. Puis elle les pressa sur mon crâne, et tout bascula autour de moi. Ma respiration s'accéléra en même temps que mon pouls. Tout mon corps fut secoué de tremblements. Des élancements douloureux me traversèrent la poitrine et le ventre, comme si un être invisible m'enfonçait un aiguillon dans la chair.

Ces manifestations atteignirent bientôt un paroxysme. Mon cœur se mit à battre si vite que la pulsation de mon sang devenait un flot continu. Je crus que je mourais. Puis une onde de chaleur coula des doigts d'Alice ; je tombai, la face en avant, et perdis conscience.

Des mains me redressèrent ; j'ouvris les yeux.

– Comment vous sentez-vous ? demanda Alice.

Mon cœur battait de nouveau à lents coups réguliers.

– Faible, dis-je. Tu y es arrivée ?

– Oui, m'assura-t-elle avec un sourire triomphant. Les dernières traces du poison ont disparu. Votre corps n'en éprouvera plus les effets.

Ce qu'elle venait d'accomplir était extrêmement impressionnant. Là où Agnès, avec toute sa science, avait échoué, elle avait réussi. Et elle n'était encore qu'une gamine. Quelle femme puissante elle deviendrait ! Quelle sorcière accomplie ! Je n'aurais pu avoir une meilleure alliée.

– Je te remercie, Alice. Maintenant, prête-moi la magie dont j'ai besoin pour reprendre la tête du Malin à nos ennemis !

Une seconde fois, elle m'imposa les mains. Pendant quelques instants, elle hésita, et je perçus sa réticence. Je lui jetai un regard furieux. Alors, après une rapide inspiration, elle entama la récitation d'un sortilège de transfert. Un picotement descendit le long de ma nuque jusqu'à mon cœur, avant de se répandre jusqu'au bout de mes doigts. Elle m'emplissait de magie, d'une grande quantité de magie. Je la sentais envahir tout mon corps. Je n'aurais plus besoin de la puiser dans mon collier ; elle serait disponible à volonté. L'opération se poursuivit un long moment. Et tout fut accompli.

Un nouvel espoir monta en moi. Je croyais enfin en mes chances.

Aux premières lueurs du jour, nous repartîmes sur les traces de nos ennemis. Tout compte fait, ils se dirigeaient droit vers l'ouest, vers la mer, plusieurs miles au nord de Liverpool.

– Ils ne veulent pas attirer l'attention, en déduisit Alice. Une troupe de sorcières accompagnées d'un kretch, ça se remarque. Liverpool est un port de commerce important. Il possède sa propre milice, qui veille aux intérêts des riches marchands. Ces types ne verraient pas d'un bon œil des servantes de l'obscur se promener en ville. Elles vont se rabattre sur un endroit moins fréquenté. Un des villages côtiers plus au nord, je suppose. De là, elles enverront deux ou trois d'entre elles à Liverpool, terroriser un capitaine et son équipage.

– Et si deux ou trois d'entre elles s'embarquaient directement pour l'Irlande avec la tête ? Une barque de pêcheur leur suffirait.

– Vous les suivrez ? s'enquit Alice.

– Je les suivrai s'il le faut. Espérons ne pas avoir à en arriver là.

L'une et l'autre hypothèse étaient fausses. Nous traversions une lande au sol couvert de mousse et, bien que dissimulées par la magie d'Alice, nous craignions d'être trop en vue. Nous avions donc fait un détour de quelques miles. Nous aperçûmes alors, au loin, un bateau à l'ancre. C'était un grand trois-mâts, dont les voiles étaient déjà déployées. La marée serait bientôt descendante, et le bâtiment était prêt à partir. Nos ennemies avaient tout prévu à l'avance. Elles avaient frété un navire et avaient sans doute prévenu de leur arrivée, grâce à un miroir, d'autres sorcières qui les attendaient à bord.

Nous nous élançâmes. Mais, quand nous atteignîmes le rivage, ce fut pour voir le kretch et deux sorcières, debout sur la plage, regardant le bateau qui s'éloignait déjà, ses voiles gonflées par le vent. Toutes les autres avaient embarqué, et elles emportaient la tête du Malin.

– Je dois les suivre, dis-je. Il me faut une barque.

Je désignai du doigt un village à quelque distance de là.

– Voilà Formby. On y trouvera des pêcheurs.

Alice secoua la tête.

– C'est un gros navire, avec de nombreux hommes d'équipage. Il atteindra l'Irlande bien plus vite que n'importe quel bateau de pêcheur. Les sorcières ont sûrement organisé leur voyage. Une fois là-bas, des voitures tirées par des chevaux rapides seront là pour les emmener. Vous n'atteindrez jamais Kenmarc à temps.

Je revoyais en esprit ce village, le cercle de pierres dressées, l'énorme rocher et la couche de terre dissimulant la pierre plate sous laquelle le corps du Malin était empalé avec des lances d'argent. J'imaginais nos ennemies ouvrant la fosse, dégageant le corps, le réunissant avec sa tête. Je lisais la fureur sur le visage bestial du monstre, sa soif de vengeance. J'avais porté son enfant, il ne m'approcherait pas. Mais Alice et Tom seraient ses premières victimes. Avec Tom disparaîtrait mon ultime chance de le détruire. Je finirais par mourir un jour, et une sorcière morte ne survit pas éternellement dans la combe. Inévitablement, je descendrais dans l'obscur, où le Malin m'attendrait. Le temps n'existe pas pour un immortel.

– Il faut que tu utilises ta magie, Alice. Si on les laisse s'échapper, c'en est fini de nous – toi, moi, Tom et John Gregory.

– Il y a bien un moyen, mais il me coûtera cher, répondit-elle d'une voix pleine d'amertume. Tout est contre moi, comme si les choses étaient décidées depuis toujours. Je ne peux que céder au cours des évènements.

Élevant les bras, elle entama une mélopée. Ce ne fut d'abord qu'un chantonnement à peine murmuré.

Puis elle se mit à tourner sur elle-même, et sa voix enfla peu à peu.

Le vent qui soufflait du sud-est tomba d'un coup. Les voiles du navire s'affaissèrent, inertes.

Qu'imaginait donc Alice ? Qu'elle empêcherait le bateau de gagner l'Irlande ? Auquel cas, combien de temps espérait-elle maintenir le calme plat ?

– Qu'est-ce que tu fais ? protestai-je. Il y a sûrement un meilleur moyen de retenir nos ennemies !

Elle ne répondit pas. Elle semblait plongée dans une transe profonde ; elle rassemblait ses pouvoirs.

Je n'aurais pas dû m'inquiéter, car, en quelques secondes, la situation changea du tout au tout. Le vent se leva de nouveau, mais venu de l'ouest cette fois, du grand large. Il me souffleta si violemment que je me couvris le visage des mains et regardai entre mes doigts.

Les sorcières et le kretch se retournèrent et s'accroupirent sur le sable, dos à la mer. Ils étaient tout près du bord, et les embruns devaient les brûler. Le contact de l'eau salée est mortel pour les sorcières ; celles qui étaient à bord du bateau portaient sûrement des gants, des capuchons, peut-être même des masques, et s'étaient réfugiées dans la cale. Malgré les efforts frénétiques de l'équipage, le navire pivotait, et des vagues énormes le repoussaient vers le rivage.

Alice continuait de psalmodier en tourbillonnant sur elle-même, et les sifflements stridents du vent emportaient sa voix. Des nuages noirs fonçaient sur nous du fond de l'horizon, tandis que la tempête poussait inlassablement le navire. Les marins luttaient en vain. Bientôt, le bâtiment s'échouerait. Mais, pour les sorcières, le pire était à venir.

Un éclair fourchu déchira le ciel, aussitôt suivi d'un grondement de tonnerre, semblable au rugissement d'une bête furieuse. Le deuxième éclair et le coup de tonnerre éclatèrent simultanément. Le troisième illumina le ciel tout entier et frappa le mât principal, qui s'enflamma. Soudain, la grand-voile prit feu ; les deux autres flambèrent à leur tour. Le vent m'apportait les cris et les appels affolés de l'équipage. Le bateau allait-il d'abord s'échouer ou brûler ? Dans l'un ou l'autre cas, les sorcières étaient perdues. Elles seraient détruites soit par le feu soit par l'eau salée.

Des silhouettes descendirent le long des échelles de corde menant aux deux canots de sauvetage fixés au flanc du navire. Une sorcière tomba à la mer en hurlant. Elle se débattit désespérément et coula en quelques secondes. Les autres réussirent à grimper sur les canots. Certaines survivraient peut-être.

Je jetai un coup d'œil à Alice. Elle exultait. Elle laissait libre cours à ses pouvoirs et en tirait un immense plaisir. Elle en avait bien le droit ! Même après des semaines de préparation, le Conventus des Malkin tout entier aurait bien du mal à égaler un tel déploiement de magie pure.

Le moment était venu d'attaquer. Je pourrais les abattre toutes dès qu'elles mettraient les pieds sur la plage. Le kretch aussi, s'il me tombait sous la main. Ce fut alors qu'Alice cessa de tourbillonner et s'écroula. Je courus m'agenouiller près d'elle.

Pendant quelques terribles instants, je crus que son âme l'avait quittée. Il arrive qu'une sorcière abuse de ses forces. Alice ne respirait plus qu'à peine, affaiblie à en mourir ; elle s'accrochait pourtant encore à la vie. Je poussai un soupir de soulagement.

Le plus difficile était fait. Nos ennemies n'iraient pas plus loin. Je soulevai donc Alice, la balançai sur mon épaule et m'éloignai du rivage.

Je trouvai refuge dans une ferme abandonnée. Les trois murs encore debout nous protégeraient du froid vent d'ouest. Le toit ne nous abriterait pas de la pluie : il n'en restait qu'un peu de charpente dont la forme évoquait une cage thoracique ; au-dessus, une lune gibbeuse brillait par intermittence derrière la course folle des nuages.

Si nos ennemies avaient la tête du Malin, je la leur reprendrais plus tard. Peut-être avait-elle sombré au fond de la mer. Voilà qui la mettrait hors de portée des sorcières. Mais elles finiraient bien par trouver un plongeur pour la récupérer. Toutefois, il n'y avait plus de danger immédiat. Je pourrais régler leur compte à mes ennemies à mon gré, en les abattant une à une. Un frisson d'aise me parcourut. J'attendais ce moment depuis si longtemps, j'entendais bien savourer chaque minute de ma vengeance. Je soignerais d'abord Alice et m'occuperais des sorcières après la tombée de la nuit.

Elle ouvrit les yeux, me regarda et tenta de s'asseoir. L'effort était trop grand. Je posai une main rassurante sur son épaule. Elle referma les yeux.

– Dors, lui ordonnai-je doucement. Tu es épuisée.

Elle voulut de nouveau soulever les paupières, en vain. Puis le rythme de sa respiration m'apprit qu'elle était retombée dans un profond sommeil. Certes, une telle débauche de magie l'avait exténuée, mais je lui avais donné une infusion d'herbes pour être sûre qu'elle dormirait jusqu'à l'aube. Elle en avait bu trois gorgées, c'était suffisant.

J'examinai ses cheveux et je souris : leurs racines étaient redevenues noires. Bientôt, elle aurait retrouvé sa chevelure de jais. Son esprit guérirait-il aussi vite ? J'en doutais. Peu d'êtres avaient souffert autant qu'elle, lorsqu'elle était aux mains du Malin.

Les survivantes du naufrage s'étaient rassemblées dans un bois environ trois miles au sud. Je m'étais déjà approchée sans être repérée pour évaluer leur situation. J'entrepris une dernière reconnaissance, dissimulée cette fois par une puissante magie noire. Je me mêlai à elles. Il en restait une trentaine. Je notai toutefois, à ma grande satisfaction, que huit d'entre elles souffraient des effets de l'eau salée, et que les deux les plus gravement atteintes avaient peu de chances de survivre. Je ne cessai de renifler pour rassembler le maximum d'informations. Il émanait de leur groupe un réjouissant sentiment d'abattement et de désespoir. La plupart étaient visiblement terrifiées : elles n'avaient pas su défendre leur seigneur et maître. Elles craignaient sa fureur.

Grâce à la magie, elles avaient découvert ce qui avait causé la destruction de leur bateau ; elles avaient peur d'Alice et de ses pouvoirs. Et elles avaient peur de moi.

Seuls le mage et le kretch restaient confiants dans leur capacité de me vaincre. Et j'appris que la tête du Malin était toujours en leur possession ! Le mage, Bowker, la transportait. Je pouvais agir.

J'avais drogué Alice pour la protéger : en restant avec moi, elle risquait d'être blessée. Mais je voulais surtout être celle qui tirerait vengeance de nos ennemies. D'ailleurs, j'ai toujours préféré travailler seule.

23

Terrible vengeance

Vous êtes fort ? Vous possédez la vitesse
et l'agilité d'un guerrier entraîné ?
Peu m'importe ! Courez ! Courez vous cacher dans la forêt !
Je vous laisserai un peu d'avance, une heure si vous voulez.
Vous ne serez jamais assez rapide.
Je vous rattraperai et je vous tuerai.

Avant de quitter Alice endormie, j'eus de nouveau
une pensée pour la pauvre Thorne, et mon estomac
se noua. Je dominai mon chagrin en me remémorant
les moments heureux que nous avions partagés, la
façon dont je l'avais vue grandir en puissance et en
habileté, dépassant toutes mes espérances. Plongée

dans mes souvenirs, je revins à une question qu'elle m'avait posée : « Avez-vous déjà coupé ses pouces à un ennemi encore vivant ? »

J'avais refusé de répondre. Que je l'aie fait ou non, c'est mon affaire, et ça ne regarde personne. Mais que mes ennemis le croient, ça me convient. C'est pourquoi je grave l'image de mes ciseaux sur les arbres.

Je suis prête, maintenant. Prête à tuer. À les tuer tous. Je suis la mère de la mort. Elle court sur mes talons, s'accroche à ma jupe avec des ricanements de joie, laissant sur l'herbe verte de fraîches empreintes de sang. Entendez-vous son rire ? Écoutez-le résonner dans le croassement des corbeaux qui festoieront de chair humaine !

Je me tiens à la lisière du bois. Guérie par Alice, emplie de sa magie, je suis forte. Plus forte peut-être qu'auparavant. Je suis si bien enveloppée d'invisibilité que personne ne perçoit ma présence. Excitée par la perspective du combat, je brûle d'en découdre et de tuer. Ils s'attendent à une attaque, mais ils ignorent d'où elle viendra et à quel moment. J'ai en réserve un élément de surprise.

Mes lames sont dans leurs fourreaux, comme mes ciseaux. Quand j'aurai massacré mes ennemis, je prendrai leurs pouces. J'augmenterai encore mes réserves de magie. Lorsque je devrai garder la tête du Malin en sûreté, loin de ceux qui la convoitent, cette magie me sera grandement utile. Et je dois rendre à Alice celle qu'elle m'a donnée. Un jour ou l'autre, elle en aura besoin.

Je passe à l'attaque. Je suis rapide, très rapide, plus rapide que jamais.

Une sorcière court vers moi. Je tire une lame et l'abats d'un mouvement fluide. Touchée à la gorge, mon adversaire tombe lourdement. Elle est la première à mourir.

Où est le kretch ?

D'un reniflement, je le repère loin derrière moi, sur le côté. Il y a beaucoup d'ennemies entre nous. Aucune importance. Je les tuerai d'abord. De ma longue épée, j'étripe une sorcière qui a bondi sur moi. Elles ont toutes senti ma présence, maintenant. Elles convergent vers moi, anticipant mon avance à travers les arbres. Aussi, je ralentis ; j'oblique légèrement pour les attirer vers moi.

Enfin, je fais halte dans une clairière et j'attends l'assaut. Elles surgissent d'entre les arbres et m'encerclent, avides de se saisir de moi. Leur cercle se resserre, leurs pieds piétinent bruyamment le sol. D'une seconde à l'autre, la plus hardie surgira de la futaie.

Je suis prête.

Je suis debout dans l'arène.

Et au-delà du cercle des lames, le kretch attend toujours, le mage à ses côtés.

Oh, messire Loup! Ce sera bientôt votre tour!

Les premières sorcières bondissent. Elles sont aussi les premières à mourir. Je tourbillonne, je tranche, je transperce, tandis que l'air s'emplit de cris, de hurlements et de malédictions. Et l'herbe de la clairière s'imprègne de sang.

D'autres arrivent : Lisa Dugdale, Jenny Croston et Maggie Lunt, les trois sorcières de Pendle armées de lames fixées au bout de longues piques. Elles cherchent à me frapper à distance – et à moindre risque. Ce sont elles qui ont massacré Wynde, la lamia, alors qu'elle gisait sans défense, une aile brisée, entre les mâchoires du kretch. Ce sont les lâches qui ont tenté de percer l'armure du chevalier quand il était à leur merci. J'éprouve une vraie satisfaction à les payer de retour. Je ne les tue pas tout de suite ; je les mutile. Elles s'éloignent en claudiquant, dans l'espoir de se mettre hors de portée. Ce sera un plaisir de les poursuivre plus tard.

Les autres se replient et prennent la fuite. Il ne reste devant moi que le mage et le kretch. Bowker s'avance, le sac de cuir à l'épaule. Il pointe le crâne de rongeur dans ma direction. Il entame une incantation, et quelque chose d'invisible mais de mortel s'élance vers moi ; les oreilles me sonnent.

Je vacille et manque de tomber. Je me sens soudain affaiblie, vulnérable. Bowker vient vers moi en riant, son affreux totem toujours dirigé vers ma tête, une épée dans l'autre main.

– C'est moi qui ai coupé les pouces de la fille, Grimalkin ! crie-t-il. Maintenant, je vais couper les tiens !

Il est à moins de dix pas quand je me reprends en puisant dans la magie qu'Alice m'a donnée. Elle est bien plus forte que son arme ; plus forte que tout ce qu'il a à sa disposition. Je montre les dents, sors un poignard de son fourreau et le lance vers lui. La lame file dans les airs, s'enfonce dans sa cuisse ; il tombe sur un genou. À cet instant, il voit la mort dans mes yeux. Il se relève, fait demi-tour et s'enfuit, cahin-caha, vers les arbres, laissant dans l'herbe une traînée écarlate. Il a toujours la tête du Malin, mais il n'ira pas loin. Bientôt, elle sera en ma possession.

Je clame alors :

– C'est ton tour, messire Loup ! Je suis là ! Je suis Grimalkin ! La lutte sera sans merci.

Le kretch bondit, les bras en avant, impatient de déchirer ma chair. Il se dresse de toute sa hauteur et me jette un coup de griffes. J'esquive, évitant leur pointe empoisonnée, et le pommeau de mon épée qui s'écrase sur son mufle le réduit à une bouillie sanglante. Cela me rappelle ce que j'ai infligé au Malin :

Oh, messire Loup! Comme vous aviez de grandes dents!

Il secoue la tête, et des crocs brisés tombent de sa gueule. Je ris, et il rugit de fureur. Puis je m'élance en zigzag; il court à ma suite, grondant et tournant follement sur lui-même, tel un chien qui poursuit sa queue. Mais je suis trop leste pour lui. Nous exécutons la danse de mort que je lui ai promise.

Oh, messire Loup! Comme vous aviez de grands yeux!

Car j'ai frappé plus vite que l'éclair, juste sous la bordure osseuse, et mes lames les lui ont crevés tous les deux. Le kretch est de nouveau aveugle. Cette fois, je ne lui laisserai pas la moindre chance de se régénérer. Cette fois, c'est sa fin qui le guette.

Je frappe, frappe et frappe, comme prise de frénésie. Mais chaque coup est calculé, chaque parcelle de chair arrachée est prévue et évaluée, tandis que la terre s'imprègne de sang.

Oh, messire Loup! Quel gros cœur vous aviez!

Je tiens à présent le cœur de la bête dans ma main. Il palpite encore un moment, puis s'arrête et refroidit. Je le découpe en tout petits morceaux, que je répands sur le sol. Enfin, je démembre le corps et le jette au vent. Les corbeaux vont festoyer.

Je conserve les pouces. Leurs os rejoindront ceux que je porte à mon collier.

24

La traque

Mon arme favorite est une longue épée.
Je l'utilise en combat rapproché.
Vous vous croyez capable de me vaincre?
Elle vous a déjà traversé le cœur!

Le kretch est mort, et je vais maintenant tenir ma promesse :
    ceux qui ont tué Thorne mourront.
    Je les traque.
    Je brise le dos de Lisa Dugdale.
    Je la suspends à un arbre par les pieds.
    Je la vide de son sang,
    je lui prends ses pouces.

Je noie Jenny Croston dans une mare froide et profonde.

Je lui maintiens la tête sous l'eau jusqu'à ce que ses poumons explosent.

Je la vide de son sang,

je lui prends ses pouces.

Maggie Lunt me supplie comme une enfant effrayée.

Mon couteau lui perce le cœur.

Je la vide de son sang,

je lui prends ses pouces.

Je rattrape Bowker, le mage, en dernier. Je le tue.

Je le vide de son sang,

je lui prends ses pouces.

Thorne est vengée.

Qui est encore là pour prétendre :

« Nous lui avons pris ses pouces » ?

Personne. Ils sont tous morts.

Et leurs pouces ornent mon collier.

Je suis Grimalkin.

25

Un triste spectacle

Vous me menacez ?
Êtes-vous fort ?
Méritez-vous que je vous accorde du temps ?
Je vais vous observer dans mon miroir !

Je m'assieds en tailleur à l'abri d'une haie d'aubépine. Je sors la tête du Malin de son sac et la place
dans l'herbe, devant moi.

C'est un triste spectacle. Les sorcières n'ont pas
tenté de découdre la paupière de son œil unique,
mais elles lui ont ôté son bâillon de pomme et
de ronces. La tête grogne, découvrant ses chicots
jaunis.

– J'ai gagné, m'écriai-je. Malgré tous les efforts de tes sbires, tu es toujours en mon pouvoir. Le kretch, le mage, les sorcières, ils sont tous morts.

Le Malin ne répond pas. Même quand je tapote avec un bâton la paupière cousue, il ne réagit pas. Sa tête est froide, immobile et silencieuse, comme s'il l'avait désertée pour retourner dans l'obscur. Pourtant, il est encore là.

Il ne répond pas parce qu'il est vaincu. J'ai gagné, j'ai massacré ses serviteurs, et il ne le supporte pas. Je lui ai fait beaucoup de mal, et j'en suis profondément satisfaite.

N'ayant plus à ma disposition ni pomme ni ronces, j'utilise à la place une boule d'orties et de branches d'aubépine, que je lui enfonce rudement dans la bouche. Puis, avec un sourire de triomphe, je jette la tête dans le sac.

Cet épisode de notre bataille contre les alliés du Malin s'achève en victoire. D'autres menaces nous guettent, je n'en doute pas. Il est vital que Tom Ward vienne à la tour Malkin pour étudier ce que sa mère lui a légué. Je lui offrirai toute l'aide dont il aura besoin. Alors, il découvrira le moyen de détruire le Malin définitivement.

Joseph Delaney

Joseph Delaney vit en Angleterre, dans le Lancashire. Il a trois enfants et sept petits-enfants. Sa maison est située sur le territoire des gobelins. Dans son village, l'un d'eux, surnommé le Frappeur, est enterré sous l'escalier d'une maison, près de l'église.

Certains lieux, comme le manoir de Read Hall et la tour Malkin, existent vraiment, même s'ils sont ici adaptés aux nécessités romanesques. La région de Pendle mérite d'être visitée ; toutefois, n'y cherchez pas la Combe aux Sorcières, sortie tout droit de l'imagination de l'auteur.

Quelques questions ont été posées à Joseph Delaney,
tournez vite la page et découvrez comment il a conçu sa série…

Vous avez annoncé que la série touchait à sa fin. Que ressentez-vous, au moment de quitter vos personnages ?

Ça m'attriste. J'ai passé ces dix dernières années à leur côté, ils ont fait partie de ma vie. J'ai du mal à accepter que leurs aventures s'achèvent, car j'ai tant d'éléments de cet univers à explorer ! Mais j'envisage déjà l'avenir, avec un projet complètement différent – dans un autre genre, peut-être, fantasy ou science-fiction.

L'apprenti épouvanteur a été écrit en 2001, bien que l'idée vous en soit venue dès 1983. Rétrospectivement, pensez-vous être resté proche de votre première vision ? Y a-t-il des pistes que vous auriez aimé suivre et que vous avez abandonnées ?

J'avais jeté quelques notes dans mon carnet en apprenant que le village où j'habitais avait son propre gobelin ! Au départ, le scénario était très vague ; je n'avais pas prévu que des sorcières et le Malin en personne interviendraient. Je ne construis

313

jamais de plan détaillé, les éléments de l'histoire *m'apparaissent* à mesure que j'écris. Qui sait quels mystères cet univers recèle encore ? Moi-même, j'aimerais bien les découvrir !

Vos livres sont souvent terrifiants ! Vous faites-vous peur en les écrivant ?

Je n'ai jamais peur en cours d'écriture. Je me sens un peu comme un pilote dont l'avion entre dans une zone de turbulence : j'ai derrière moi des années d'expérience, je sais comment la traverser sans danger. Les pauvres passagers, en revanche, peuvent être effrayés, car ils n'ont aucune idée de ce qui va arriver. Mes lecteurs sont les passagers. Je fais de mon mieux pour leur offrir un vol... inoubliable !

Grimalkin et l'Épouvanteur **est le premier épisode de la série dont Tom n'est pas le narrateur. Il n'apparaît qu'à peine dans l'histoire. Qu'est-ce qui vous a incité à choisir le point de vue de Grimalkin ? Est-ce un personnage auquel vous êtes particulièrement attaché ?**

Oui, Grimalkin a pris une place grandissante dans mon imagination ; elle me séduit beaucoup. C'était intéressant de donner la parole à un autre narrateur.

Grimalkin est dangereuse, quasi incontrôlable. J'ai dû lutter pied à pied pour l'empêcher de tuer trop de gens !

Une tueuse qui coupe les pouces de ses ennemis est une héroïne bien noire ! C'était un sacré défi de créer une empathie entre elle et le lecteur !

Oui, c'était un défi. Je devais lui donner une vraie humanité, pour que les lecteurs se sentent proches d'elle. Au fond, je m'attaquais au même problème que le créateur de Superman ! Comment faire croire au danger quand votre protagoniste possède de tels pouvoirs ? Il me fallait la rendre vulnérable et lui opposer un adversaire capable de la vaincre.

Vos ouvrages sont très documentés ; les menaces que Tom doit affronter sont souvent inspirées de légendes locales. Vos fans attendent-ils de vous que vous les aidiez à faire face à d'authentiques esprits mauvais ?

Pas que je sache, bien que certains m'aient raconté des histoires très intrigantes ! Je ne me prends pas pour un exorciste. Je me contente d'écrire des romans.

Le Malin est décapité, mais les serviteurs de l'obscur ne désarment pas. La série va bientôt

atteindre son apogée. Pouvez-vous nous donner quelques indices sur le contenu des derniers livres ?

Ce serait difficile de le faire sans gâcher le plaisir des lecteurs ! D'ailleurs, je ne sais pas encore comment tout ça va se terminer, même si j'ai quelques idées sur les dangers à venir. D'une certaine manière, une histoire se construit toute seule ; l'auteur essaie simplement de la guider sur la bonne voie jusqu'à sa conclusion. Une part de moi souhaiterait une fin heureuse, mais je crains qu'au moins un des principaux personnages soit contraint d'y laisser la vie...

Et, quand la série sera achevée, devrons-nous abandonner définitivement le monde de l'Épouvanteur ?

Je vous l'ai dit, j'envisage d'écrire dans un genre différent, et peut-être des romans uniques. Toutefois, il reste tant de choses à explorer dans cet univers que j'imagine difficilement ne jamais y retourner, d'une façon ou d'une autre. Je ne peux pas vous en révéler davantage pour l'instant, mais beaucoup de lecteurs m'ont suggéré des pistes. Ils ont sans doute raison. On verra... !

Bien amicalement,
Joseph Delaney

Cet ouvrage a été mis en pages
par DV Arts Graphiques à La Rochelle

Impression réalisée par
La Tipografica Varese Srl, Varese
pour le compte des Éditions Bayard

Imprimé en Italie